二階から目薬

堀江重郎

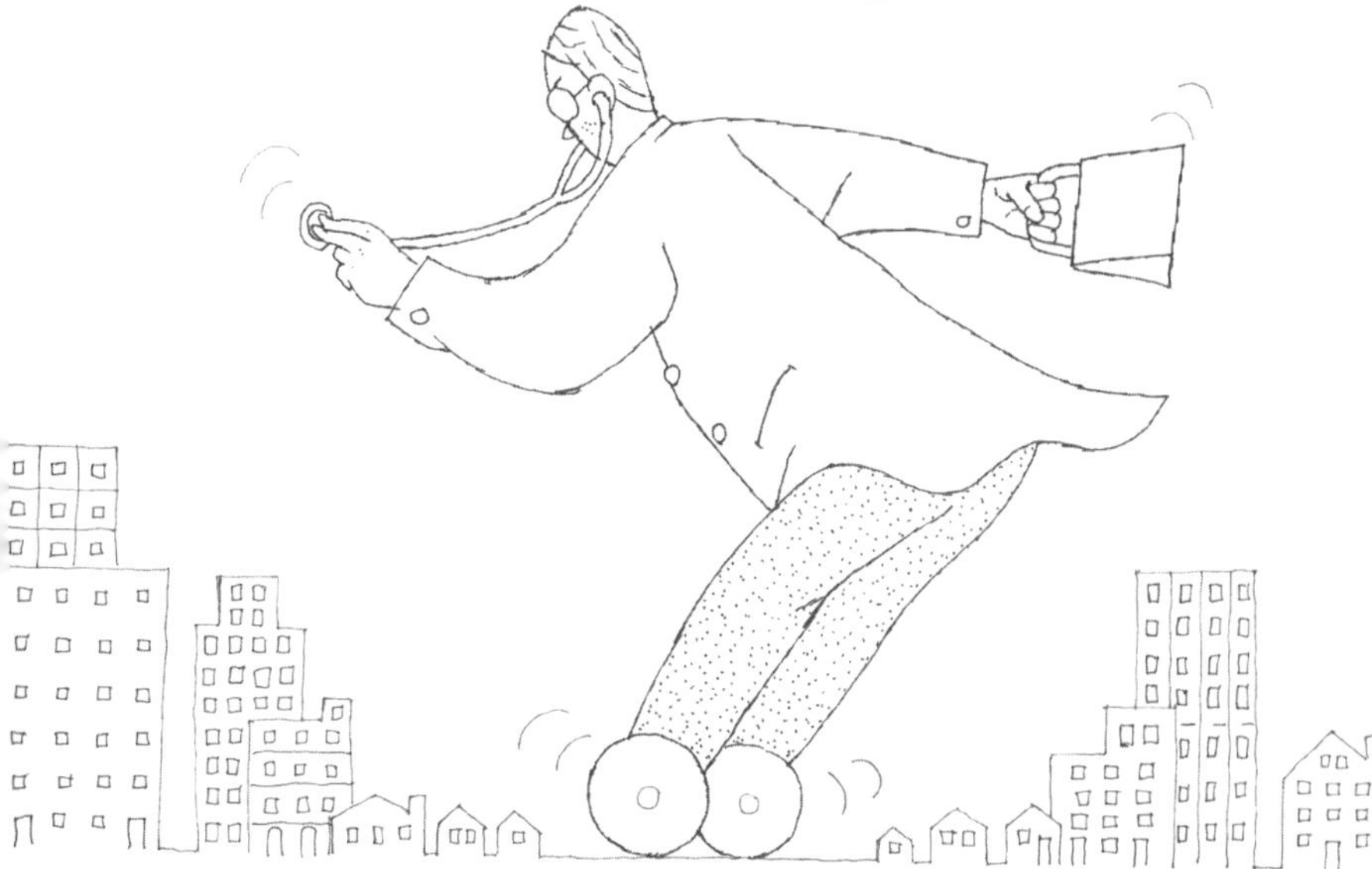

かまくら春秋社

二階から目薬

＊本書掲載文章は初出誌掲載当時のものです。

装丁／中村　聡
挿画／吉野晃希男

目次

一章　二階から目薬

二章　目薬余滴

一章　二階から目薬

コロナの秋に

アメリカが好きな人はその理由に人間の愛想のよさを挙げることが多いかもしれない。昔アメリカで医者をしていた時に、見知らぬ美人のナースと廊下ですれ違ったら、満面の笑みで「おはようございます」と挨拶してくれて、自分にひょっとして気があるのでは、とドギマギしたことがあった。何のことはない、見知らぬ人間には、「私はあなたを警戒していない」ということを知らせるために、はっきり眼を見て笑顔を作っているのだということがそのうちわかった。

西洋史学者の木村尚三郎（一九三〇～二〇〇六年）は、西洋人を「声の人」、日本人を「目の人」と呼んでいる。声高に自分を主張するのが西洋の人なら、阿吽の呼吸でわかり合うのが日本人だという。子供の頃は、「あんまりよその人をじろじろ見るんじゃないよ」と、親に叱られた覚えがある。日本人は、基本は他人と目を合わせない、つまりよそ者に対しては無視をするのが日常的な応答であり、コミュニケーションは言葉よりも、まなざしで行う、

ということになる。

コロナウイルス禍の中、依然としてマスクをつけることに反対する人たちが欧米にはいる。そもそも欧米人にとってマスクとは、顔に傷があって、他者に見せることができない状況にのみ、マスクをつけることが暗黙の了解である。顔を出し、表情で警戒心を解いて、さらに会話でそれを確認する、という安全管理の中では、マスクで顔を隠すことは、セキュリティー上危険であるし、また自分のアイデンティティーを否定することに他ならない。

面白いことにアメリカでもマスクの着用には民主党よりも共和党支持者が反対の立場をとることが多い。これは感染予防のリテラシーという知的レベルの問題というよりは考え方の問題であって、自分の責任は自分で取るが、自分の表現は自由だという世界観がアメリカでは強い。おそらく宗教的な規制を離れて、自由を求めて新しい国を建国したという人たちに流れている永続的な価値観なんだろうと思う。

アジア人はマスクには全くこだわりがない。そもそも公衆の中では自分のアイデンティティーは隠すのが基本形であれば、むしろマスクは、より自分を隠すのには好都合であるし、また自分を晒さないで済むことが落ち着きを与える。

このマスクに見る、アジア人と欧米人の違いは、コロナウイルスに感染したときの対応にも如実に表れている。日本では感染は、恥ずべきことであり、社会に迷惑をかける行為であると認識されている。感染すると公に知れて、自分が属するコミュニティーから拒否されてしまう。

お盆の時に、東北地方のある県知事が今年は東京からは帰省してくれるなと会見するのを聞いて、気持ちはわかるが、個人の判断に任せる問題ではないだろうかと、その県出身の患者さんに話したところ、「いやいや先生、そうじゃないんだ、田舎ではコロナになると引っ越さざるを得なくなるんですよ」と、聞いて暗澹たる気持ちになった。

大多数の人は軽症で治ってしまうというのに、全く不条理な話である。コロナ禍のひどかったニューヨーク市ではクオモ州知事のリーダーシップが評価された。私も彼の日々の会見をCNNで見たが、率直な物言いに好感を持った。ニューヨークでは呼吸困難がひどくない限り救急室に訪れない人が多かったと言われている。彼の息子がCNNのアンカーとして活躍中にコロナに感染して、自宅療養し、発熱や呼吸器の症状を刻々Twitterで発信していた。

私の友人もニューヨークで、一人で発熱、咳に一週間以上苦しんでいたが、こういったセレブリティからのTwitterで励まされたと語っていた。日本ではコロナにかかること＝お詫び・恥だということになってしまうこの文化の違いというのは何とかならないものだろうか。

世界の中では幸い日本の患者数、死亡数は著しく少ない。人口一〇〇万人当たりの死亡数は日本が十人で、アジアの中国、台湾、韓国、ネパール、マレーシア、ウズベキスタンに次ぐ。これらの国に共通するのは歴史的に中華民族とのつながりが強いことであり、過去にもコロナウイルスの感染が繰り返し起こってきて、免疫細胞が抗体とは違う形で「記憶」していたのではと推測されている。

ちなみに欧米ではドイツは一一二人だが、フランスは四六九人、イギリスが六一一人と桁違いに死亡者が多い。興味深いことにアフリカの人々も死亡数は少ない。ウガンダは〇・七人、ナイジェリアは五人、エチオピアは七人、ガーナは九人と、多くの国は日本より低い。

アフリカでは、医療レベルが低く、正確な診断はできないんじゃないかと思われる向きもあるだろう。しかし、例えばガーナのＰＣＲ件数は人口一〇〇万人当たり一四〇〇〇人と日本の一一〇〇〇人より多い。ことコロナウイルスの診断については、日本はアフリカの医療水準とさして変わらない。

国民のフラストレーションは、誰もがコロナウイルスに罹っているという前提で行動することを要求されることの不安と、実際の感染者と死亡率からみて、社会生活、経済をここまで犠牲にする必要があるのかという疑問の板挟みに閉塞感が強いことにある。

いわゆる「専門家」の先生方は、地域の感染状況という「公衆」衛生を問題としているが、実際は、依然として検査・診療の医療は「個人」を対象としているところに、意識の大きなずれがある。

プロ競技選手たちが毎週ＰＣＲをしているが、その中でも感染者が出ると特定され、報道されている。アメリカで提唱されているように、チーム全員の唾液を取って、それを混ぜてＰＣＲを行う方法もある。

陽性であればチームの中に感染者がいるので、競技はできなくなるが、陰性なら他人に感染力を持つような選手はいないだろうと想定してまた競技を継続する。同じ論理を学校や、レストランの従業員、パフォーマーなどにも適応が可能になる。

要は症状が大したことがなければ個人を特定することよりも、そろそろ集団行動の安全性を見ることを検査の主眼とすることが「公衆衛生」ではないだろうか。

遠漕の秋

今では大学スポーツの華といえば、さしずめラグビーだが、四十年前はボート競技も青春ドラマの舞台になったりするくらい人気があった。ボートを漕ぐ人をオアズマン（oarsman）と言う。私も筋骨隆々なオアズマンに憧れて、大学入学早々に漕艇部に入部した。

その年入部した新人の行事に秋の遠漕があった。艇庫のある埼玉県戸田の荒川から利根川が太平洋に注ぐ千葉県の銚子まで川伝いに二泊三日かけて漕いでいく。遠漕にはナックルという船を使う。競技用の船はシェルと呼ばれ、繊細で薄い船体で作られていて、漕手が楽に持ち上げることができるが、ナックルは厚い木で作られており、驚くほど重い。競馬に喩えるとシェルはサラブレッドで、ナックルは北海道十勝のばんえい（輓曳）競馬の馬をイメージしていただければよいかもしれない。荒川から東京湾へと漕ぎ下り、途中で江戸川に入って、千葉、茨城との県境まで今度は漕ぎ上る。そして利根川に入り水郷の佐原を経て、太平洋を望む銚子大橋がゴールであった。

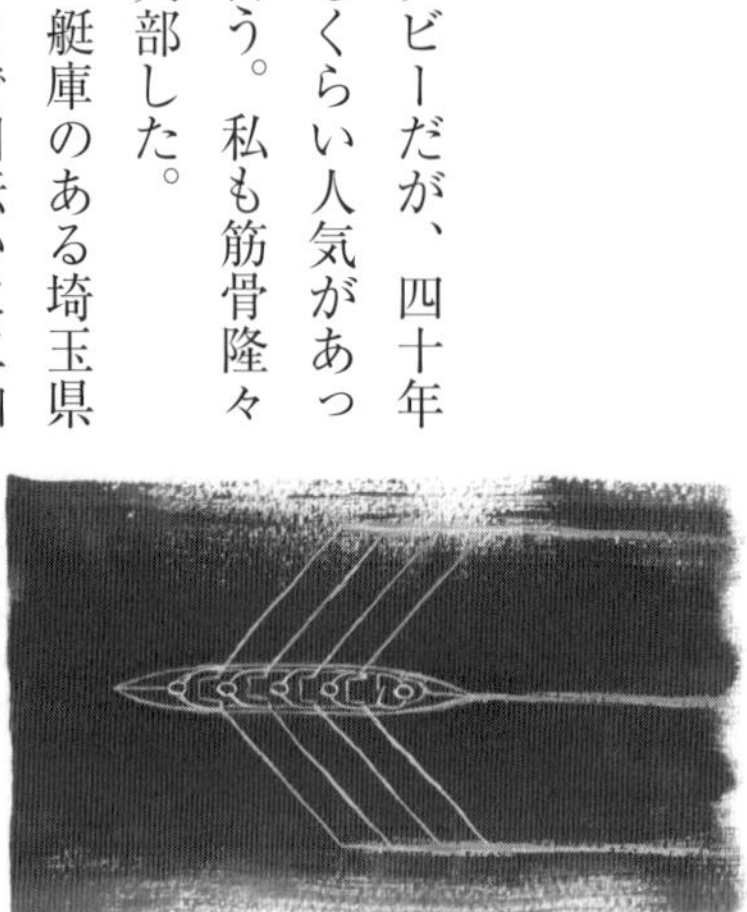

公園のボート同様、漕ぎ手は進行方向に背を向け後ろ向きに座る。オールはリガーと呼ばれる船に固定された部分を「てこ」の支点としている。足は固定されて、シートと呼ばれる座席はレール上を動くので、膝を曲げるとからだは前に出る。足首とおしりが一番近い時に、オールの先のブレードを水中に入れる。その位置で思い切り脚を蹴るとオールはからだの前方に運ばれ、水を掻いて船に推進力を与える。漕手の力がアンバランスだと船はまっすぐ進まない。さぼっていると、ブレードが川面に作る水の泡の量でわかってしまう。一方漕手全員の呼吸と動作のタイミングが同期すると、船は力強い推進力を得る。

四十年前はペットボトルもない時代なので、のどが渇けば、乗船下船に使う長靴に川の水を汲んで飲んでいた。荒川は、当時は汚く、上流の養豚場から逃げた豚の死骸が浮いていたりして、とても川の水を飲む気にはならなかったが、江戸川の水は臭みがなく「切れ」があって大変おいしかったのを思い出す。一方利根川は藻のにおいが強かった。特に下痢もせずに道中無事であったので、当時は立派な腸内細菌を持っていたのだろう。ちなみに小用はボートの上に立って行っていた。

ボートは黙々と脚を蹴って、船を進めるだけのスポーツである。船の最後尾に座っているコックスが舵を切り、船のスピードを号令で調整する。遠漕では「並べる」と言って二艇ずつで競走もする。橋からスタートして次の橋をゴールにすることが多く三、四キロの競走となって、静かな川の上に号令をかけるコックスの声のみが響いていく。日がな一日ボートを漕いでいくのは、一見するとサイクリングのようにのどかで、楽しそうに見えるが、サイクリングでは自分の視界が開けていくのに、ボートでは視線は自分の前にいる人間の背中か、オールのブレードが川面に入って出るのを見つめているだけである。川面から見える景色もゆっくり変わっていくものの、脳に入ってくる情報が少なく、脚の筋肉が疲れる以上に恐ろしく退屈であり、頭の中には雑念が現れ気が散った。しかし不思議なことに遠漕も二日目三日目となると、退屈であることがあまり気にならなくなり、ただ漕いでいる自分がいる、何も考えない時間が過ぎていった。

自分の今現在のみに注意を払うというトレーニングに「マインドフルネス」がある。マインドフルネスは、カバット＝ジンという人がチベット仏教の瞑想から宗教色を除いてアメリカに移植したものである。

例えば呼吸の「吸う」、「吐く」を意識してみる。簡単そうだが、しばらく呼吸を続けていると、頭の中には気になっていること、雑用、仕事のアイデアなどが浮かび、呼吸することに意識を集中し続けることがかなり難しいことがわかる。食事の場でのマインドフルネスは、テレビやスマホを見ながら食べ物を口に入れるのでなく、一口一口、自分の意識を食べることに集中する。会話でひたすら他人の言葉を聞くことに集中し、自分の感情や意見をさしはさまないのはマインドフル・リスニングになる。

過去を後悔し、未来に期待していくのがヒトの習性だが、マインドフルネスは過去と未来が投影されない時間、すなわち「今」の瞬間を生きるということに他ならない。マインドフルネスを続けると、意識を研ぎ澄ませながらも、自分の「我」はなくなって、まわりに溶け込んでしまうという。不思議なことにマインドフルネスをすると、朗らかになり、刹那的な感情に左右されなくなる。また免疫力がアップし、他人を思いやることができる、といったことが知られている。コロナ禍の今、マインドフルネスに興味を持つ人が世界的に多くなっているのは必定のように思える。さらにマインドフルネスの熟達の師では、われわれの遺伝子のテロメアという部分が長くなっていることが最近分かった。テロメアが長い人は概ね健康長寿であるから、マインドフルネスはアンチエイジングでもある。

あと何時間、あと何キロ漕ぐと一日が終わるということでなく、ひたすら仲間とからだの動きを同期させて、ボートで川を滑っていく感覚を得ることに専念する。遠漕はオアズマンになるための必要な通過儀礼であったが、今振り返ると立派なマインドフルネスでもあった。この、ひたすら竹刀で素振りをする、というような「ひたすら」な時間はスポーツだけでなく、人生のさまざまな場面で巡り合うが、からだとこころが十二分に調和してはじめて可能である。

なぜスポーツが健康に良いのかということは、根本的なところでは、まだよくわかっていない。私はこのマインドフルネスに相当する「ひたすら」な時間を過ごすことが、脳に、そして結果的に健康にとって大事ではないかと最近考えている。漕艇部のキャッチフレーズは「脳みそが筋肉になるまで漕ぐ」であったが、学生時代はブラック・ジョークだと受け止めていた。しかし脳が生み出してしまう、未来への期待と過去への執着に支配されずに、ひたすら「脳みそが筋肉になる」時間を持つことが真の健康法ではないかと、還暦を過ぎた今感じている。

師走の京都

　これも地球温暖化のせいなのか、酷暑が続いたと思ったらすぐ冬が到来する。秋を楽しむ時間が短くなってきているのを残念に思う。漸く秋が来たと感じた十月の終わりに、京都で学会を開催した。医者には学会がつきものと世間では思われている。新しい知識を吸収する、あるいは研究成果を発表する学会は、「休み」を取ることが大っぴらにできない医者にとっては唯一大手を振って職場を離れられる機会である。勉強の合間に息抜きしたり旧友と会うこともできるリクリエーションでもある。

　一方ＩＴ化によって、医学情報はほぼオンタイムで世界中に配信されてしまい、もはや学会に行かなくては得られない情報は少なくなってしまった。あの時のあの先生の講演といったものも記憶に残ることは少なくなった。このコロナ禍で、当然のことながら学会も不要不急のものとして中止や延期され、現在はオンラインでの遠隔学会が盛んである。オンライン講演は現地に行かずに済むので便利だけれども、印象に残りにくい。わざわざ学会の会場に

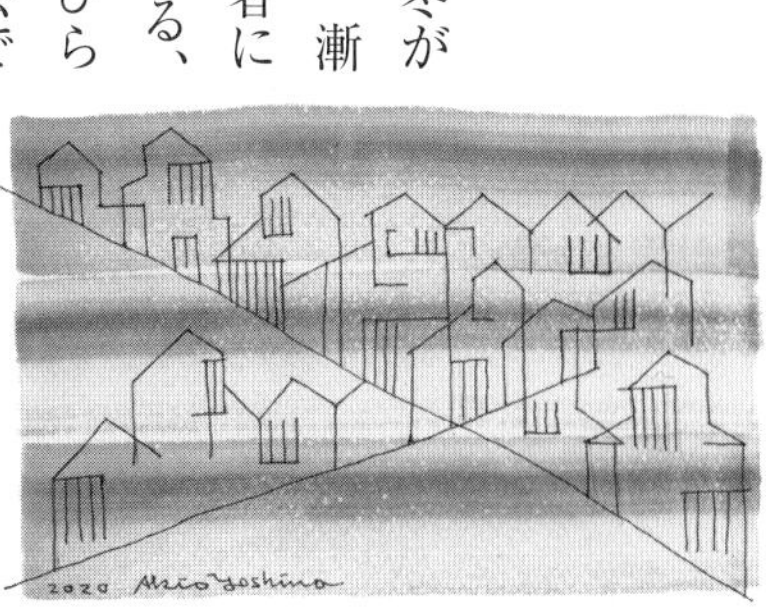

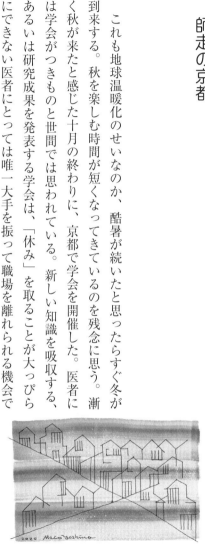

足を運んで見聞きしたことが、知識でなく記憶に残る。

私の学会はがんの診療に関するもので「いのち」というテーマを金澤翔子さんが揮毫してくれた。コロナ禍の中敢えて京都で学会を開催したのは、一つは医師自身が感染対策を行って今必要な情報交換を行う場を持ちたいと考えたことと、もう一つは京都という街は時代の情報発信のメッカそのものだからである。

高度成長の頃、日本人や日本文化について京都大学人文科学研究所の錚々たるメンバーが活発に論陣を張っていた。桑原武夫、今西錦司をはじめとして、林屋辰三郎、加藤秀俊、多田道太郎といった面々が論壇誌に寄稿して、「成り上がり」で後ろめたい戦後日本に文化的なお墨付きと自信を与えてくれたように思う。なかでも梅棹忠夫教授の岩波新書『知的生産の技術』は、昭和四十年代に情報という言葉を使い、学術発信を知的生産と名付けたセンスに、当時高校生の私は痺れ、京都の知的な雰囲気に憧れた。

超ロングセラーとなった『知的生産の技術』にはワードやツイッターはじめ今われわれが普段使っているIT技術のアイデアが入っていることに驚かされる。高校時代の親友が京都の大学に進んだので、毎年部活動が終わる十二月に左京区の吉田山の麓にある彼の下宿に転がり込んで、何日間か京都の街を逍遥したことを想い出す。旧制三高の寮歌に「月こそかかれ吉田山」と歌われている吉田山は鬱蒼とした小山で、下駄ばき長髪の学生が闊歩していた。

当時の京都は「古都」であり、歴史と生活感のある街並みが共存していた。

夜、東山通から二年坂へ通じる人気のない坂を上がっていくと、漆黒の八坂の塔が低い軒の家屋の間からぬっと出てくる。この八坂の塔のありようが京都らしさを表現していたように思う。清水寺の裏手に回ると、音羽の滝の湧き水が三本流れている。その頃は、湧き水を飲もうという人もさして多くはなく、お寺の口上は「一杯飲むと一年長生き、二杯飲むと二年長生き」、そして「三杯飲むと死ぬまで長生き」という突き抜けたオチの巧みさに医学生の私はいたく感心した。夕方になると友人と学生が集う今出川白川通の居酒屋の暖簾をくぐるのが決まりであったが、ある晩四条通の繁華街を過ぎて、交差する京阪電車が走っている線路わきの川端通りの南座から南に下がっていく方がちょっと暗くて物騒な雰囲気なのを発見した。

学生の怖いもの知らずで、パチンコ屋やピンサロ店の前を通っていくと、ぽつんと民芸調の店があり、看板は「おでん蛸長」とあるが中は見えない。寒い夜に「おでん」の誘惑がやみがたく、おそるおそる引き戸をあけると、L字のカウンターの後ろにおでん鍋があり、不愛想な親父が一人、お客も数人で静かに酒を飲んでいた。高級な店というわけではないが学生には分不相応な雰囲気だと思ったものの、そのまま席に着いた。酒は白鹿の樽を、ぶ厚い錫のチロリでお燗する。緊張して蛸と卵を頼んだ。看板だけあって蛸は驚くほど柔らかく、さすがに明石の蛸は外房とは違うと感心した。京大根、湯葉、飛竜頭といったおでん種を、懐具合を気にしながら二皿平らげて、勘定はさすがに居酒屋の何倍もしたが、京都の、大人の世界を初めて味わった気がした。帰りがけにもらったマッチはただ黒々と蛸長とだけ墨書されており、帰宅後大事に仏壇の引き出しにしまった。

ジョン・コルトレーンのマイ・フェイヴァリット・シングスの調べの「そうだ京都、行こう」キャンペーン、そしてグローバルの情報化によってKYOTOはまさに世界の人々のものとなった。音羽の滝もいつの間にか三本の滝にそれぞれ「延命長寿」「恋愛成就」「学問上達」と全方位のありがたいご利益がついて、一杯のひしゃくの水に長蛇の列となった。ライトアップされた寺院や洗練された店舗、そして世界中から押し寄せる観光客のキャスター付きスーツケースが騒々しいKYOTOは、毎日がカーニバルとなった。

それが突然のコロナ禍が来て祭りは終わった、ように思えた。しかし、久々に訪れた京都は静かに耐えていた。道行くヒトはまだ少ないけれども、出会う京都の人はいつもより多弁で、優しい感じがした。いつの時代でも、何があっても京都は主人であり、客を迎えてくれる。学会に集まった同業の医師達も、皆はるばる京都まで来たという修学旅行生のような顔をしていた。

京阪電車は地下に入り、薄暗かった線路わきの川端通は堂々たる大通りになった。学会が終わり京都駅へ急ぐ夕方、川端通をタクシーで通ると団栗橋東詰めに蛸長は変わらぬ佇まいで健在であった。今夜も蛸長には四十年前の自分のようにおそるおそる引き戸を開けて入ってくる学生がいるかもしれない。彼にもきっとグルメサイトの星の数や、何とか映えでない記憶が残るだろう。

ちなみに蛸は低カロリーでアミノ酸に富み、タウリン、ビタミン、亜鉛はじめ栄養素の宝庫でアンチエイジングに最高の食材である。「一休の蛸さげて行く師走哉」は正岡子規の句であるが、病床の子規は伊予松山の魚介よりは牛肉を好んだという。

新年の旅

世界で行ってみたいところを考えるのは楽しい。以前は、マチュピチュのような遺跡やイグアスの滝といった自然の驚異を観てみたいものだと思っていたが、そういう場所はテレビで既に疑似体験しているためか、最近は敢えて追体験をしたいとは思わなくなった。むしろ旅の醍醐味は歩くことに尽きるように思う。

ニューヨークのマンハッタンは北から南までほんの五―六キロ、京都と同じように碁盤の目で、高低差がないので歩きやすい。ニューヨーカーはとにかく歩くのが早い。セキュリティーの問題もあるのだろうけれど、皆さん時速六キロくらいのスピードで、飛ぶように歩いている。しかし彼らを見習って少し腰の位置と目線を上げ、胸を張って歩くと、異邦人である自分もやっとニューヨークで呼吸できるような気がしてくる。古い都市では、リスボンやローマは幾つもの丘の街だけに起伏が激しく、歩道はよく整備されていない。パリは石畳がすり減っていて滑りやすく、歩道の幅も狭く歩きにくいのでついメト

ロの階段を降りたくなる。ベネチアの道は橋と曲がり角だらけなので、観光客が多いと勢いぶらぶら歩くことになる。

真剣に歩く、という意味で今行きたいところといえば、国内なら熊野古道、海外ならスペインのサンティアゴ巡礼路だろうか。世界遺産である熊野古道は、山伏の修験道であり、なかでも「吉野・大峯」と「熊野三山」を結ぶ大峯奥駈道《おおみねおくがけみち》は紀伊山地の標高一〇〇〇メートルを超える山中を九〇キロ縦走する日本屈指のロングトレイルなので、日頃のトレーニングなしでは踏破は難しい。大峯奥駈道の体験修行のホームページをクリックしてからもう何年も経ってしまった。スペインのサンティアゴ巡礼路は、フランス各地からピレネー山脈を経由しバスク地方を通って聖地サンティアゴ・デ・コンポステーラに向かう道が有名だ。こちらも世界遺産となっている。もっともフランスからだけでなく、ポルトガルのポルトから向かう道やスペイン各地から聖地に向かうルートもある。巡礼宿が整備され、歩く人も多いこちらは、時間はかかるだろうが自分のペースで進めそうだ。

巡礼に出ようというのは、これまでの生活をいわば再起動せざるを得ないような、大きな人生の壁に直面した時ではないかと思う。自分の生を脅かす病気や家族との別れ、人生での挫折。現実から離れる距離と時間を持つことで自分を取り戻すことができる。しかし、社会や政治に対する異議申し立てで、巡礼の旅に出た人もいる。

アメリカのある女性は、一九五三年一月一日から、国際平和実現のため櫛と歯ブラシ、ボールペンに、自らのメッセージを記したコピーのみを持ち、巡礼の旅に出た。彼女は自らの名前を捨て、ピース・ピルグリム（平和の巡礼）と名乗り、お金を持たずにシェルターや教会に宿泊し、九年間で国内四万キロを踏破した。その後一九八一年に亡くなるまで、巡礼をしながら世界平和を訴え続けたという。

日本でもがん患者のために「巡礼」を行ったのが、私の恩師垣添忠生先生だ。先生は国立がんセンターの総長を辞されたのち、全国のがんセンターを訪ねる三五〇〇キロの巡礼を思い立たれた。先生はクリント・イーストウッドのような雰囲気の持ち主で、喜寿を過ぎた今なおも毎朝空手の突きや筋トレをたっぷり一時間続けられている。からだにも心にも贅肉が一切ない、研ぎ澄まされた外科医である。先生はがんの治療中の人、治療が終わった人を指す、「がんサバイバー」を支援しよう、という幟を掲げながら、酷暑の日も寒い雨の中も歩きつつ市井の人と交流し、「がん」と生きる人々に勇気を与えた。それはまたがん診療の総本山で人生の多くの時間を過ごした先生にとっても、歩きながら新たな発見や感動があった様子が『「Dr.カキゾエ黄門」漫遊記　がんと向き合って50年』（朝日新聞出版）に記されている。

二足歩行を始めたことが人類の脳の肥大化を促したことは、どの人類学者も認めている。

ただし人の骨盤は霊長類よりも狭くなり、分娩は危険を伴うようになった。さらに妊娠、分娩で骨盤の筋肉を繋いでいる腱が伸びてしまうので、分娩後の女性は速く歩くのには適さない。ここから男性が狩猟し、女性が採集するライフスタイルができたのではないかと言われている。面白いことに、男性はその日の獲物を得るために長時間歩けば歩くほど、オキシトシンというホルモンが脳に出て、家族への絆の念が強くなり、幸福感が増すという研究がある。

旅という英単語であるtravelと近い単語にtravail（苦労）があるように、古来旅すること、歩き続けることは辛いものであった。巡礼に出ることは自分が所有する全てを置いて出かけることである。聖なる力によってこれまでの生活の無力感が失せ、前に踏み出す力を与えてくれ、しばしば限界を超える体験に導いてくれる。困難な巡礼路を歩いていくことで、脳の活動がダイナミックに変わり、新たな絆を求めてかつて自らが距離を置いた社会とも再び繋がっていけるのかもしれない。

旅する人のチャンピオンと言えば、歌人であり僧侶である西行だろうか。西行は今でいうところのイケメンでいながら、謎の出家をしている。もっとも心身すこぶる壮健だったのだろう。七十三年の生涯で二度も東北地方を訪ねている。出家しながらも行く先々で大変人気があったことは全国に西行碑が残されていることからもわかる。この西行を慕い「西へ行く人を慕うて東行く　我が心をば神や知るらむ」と歌い、東行と号したのが高杉晋作であった。

二人とも歩き続けることが、困難な世の中でしがらみに囚われない粋な人生を送る秘訣であったのかもしれない。

西行の和歌に、「年くれぬ　春来べしとは　思ひ寝に　まさしく見えて　かなふ初夢」（山家集）とある。この騒乱の年が暮れていく憂鬱なときに、初春になれば世の中も落ち着くはずだと思いながら眠ってしまったら、夢の中では無事な世の中になって気ままな旅行ができるようになった、という初夢が正夢になるのを心待ちにしている。

おしっこ二十一秒の謎

冬はおしっこにつらい季節である。急にトイレに行きたくなって、慌てているうちに尿が漏れてしまう。夜中に目が覚め、排尿して戻ると、ベッドは冷たくなっていて、なかなか寝つかれない。風邪をひいたので風邪薬を飲んだらおしっこが全く出せなくなって救急病院で導尿してもらった。老親が「トイレ」というたびに起きてトイレに連れて行かなければならない。冬になると寒いし、そもそも親が脳卒中にならないか心配だ、どうしてオムツに排尿できないのだろうか?などなどと泌尿器科の冬の待合室は、排尿の悩みをもつかたがたであふれてしまう。米国で医者をしていた三十年前に、スーパーで成人のオムツの棚が広いのに驚いたが今や日本でも乳幼児のオムツよりも成人向けのほうがはるかに多い。

川端康成の「十六歳の日記」に、寝たきりの祖父に「私」が尿瓶をあてがう描写がある。排尿時に痛みを訴える祖父の苦しそうな声を聞き「私」は涙ぐむ。やっと出た、尿の音は

「谷川の清水の音がする」と記されている。

心臓は死ぬ瞬間まで鼓動を打ち続けているが、膀胱の機能は、生殖機能の次に衰えると一般には考えられている。とはいえ診断の進歩や、冠動脈ステント挿入がどこの地域でも可能になってきて、今の日本では、およそ心筋梗塞で亡くなることはめっきり減ってしまったことを考えると、六十歳以上の三人にひとりは排尿に不自由を感じているのは座視できない。人生一〇〇年時代というけれど、認知機能と排尿機能をそこまで維持できるのだろうか？そもそも膀胱の保証期間をどう考えるかについて、画期的な研究が五年前にイグノーベル賞に選ばれた。

イグノーベル賞は、「ありえない研究」をキャッチフレーズにユーモラスでしかも科学的な根拠のある研究を探し出して表彰している。二〇一五年に米国のデービッド・フー博士らが受賞した研究は、排尿に要する時間が動物によって異なるか、という一見どうでもよい疑問を解いたものであった。フー博士は、ネズミ、イヌ、ネコからウシ、ウマ、ライオン、トラ、象、キリンなど十六種類の動物の排尿の時間を詳しく調べたところ、三キロ以上体重のある動物は、どれも平均二十一秒で排尿していることを見出した。

直観的には象のほうが犬よりも排尿時間は長い気がするが、からだの大きな動物は、膀胱の容量は大きいけれども、同時に尿道も太くなり、かつ勢いよく尿が排出されるので、からだが小さく膀胱の容量が小さい動物と排尿時間は変わらない。逆に言うと動物の進化は膀胱の容量と尿道の太さを一定の数式で表わすことができるデザインで作っていることになる。

では直立歩行するヒトではどうなんだろうということで、私と旭川医大の松本成史《せいじ》教授がNHKを通じてインターネットで、ご自身の排尿時間を測ってもらうアンケートを行ったところ、あっという間に四〇〇〇人近い回答が寄せられた。驚いたことに、男性の二十歳から五十歳までの平均排尿時間は二十二秒、女性は十八秒と、哺乳類の排尿二十一秒の法則とほぼ同じであった。最も、排尿時間は五十歳以降加齢とともに延びる傾向にあり、また高血圧や糖尿病などの病気でも延びた。

なぜ哺乳類が、一様にこの二十一秒という排尿時間になったかは、泌尿器科医である私にとってはピラミッドをどうやって建てたかに匹敵するくらいの疑問である。例えば心拍数は動物により全く異なるうえ、酸素消費量も異なっている。ダーウィンの進化論の適者生存でいえば、この二十一秒というマジックナンバーに哺乳類の排尿行動が落ち着く理由があるはずである。そもそも爬虫類や鳥類には、尿を貯める臓器はない。総排泄腔と呼ばれるところから尿を常時放出、言い換えれば垂れ流している。

哺乳類が膀胱という臓器を作って、そこに尿を貯め、まとめて排出する、ということは、膀胱を持つことが生存に適しているはずである。膀胱のメリットを考えてみると、尿を垂れ流していると、においから存在が覚られて、他者に捕獲される危険をもたらすとか、あるいは縄張りを主張するには、まとまった尿をかけるマーキングが必要などの理由が想像できる。二十一秒は十分量の排尿をし、かつ敵との距離を保てるマジックナンバーなのだろうか？

ヒト以外の動物は、生殖活動を終了すると死んでしまう。ヒトの高齢者では、排尿を二十一秒で終えることは難しくなってくるが、見方をかえれば、排尿時間がいつも二十一秒を超えるようになったヒトでは生殖活動は終了していることが多いので、哺乳類の掟から言えば、年齢に関わらず排尿にかかる時間から高齢者を定義してもよいのかもしれない。もっとも排尿時間が延びることは、私は可逆的だと考えている。からだが弱ると膀胱の筋肉の力も弱くなり、溜まった尿が出せなくなるので、尿道カテーテルを膀胱にずっと入れている人がいる。

在宅医療ではこのカテーテルが入っている人が非常に多い。しかしこのような状況は「固定された臓器機能障害」ではなく、リハビリで患者が立てるようになると自力で排尿できるようになることを私たちのチームは見出している。まさに膀胱のアンチエイジングである。排尿が不自由であることは、介護される方もする方もつらい毎日であるが、最新医療で負担を軽減できる方法もでてきた。

ところで前立腺を手術で摘除した男性は、排尿時間が二十一秒以下に一気に減少し、心身が快調になることが多い。海外の研究では、前立腺を摘除した男性は、不思議なことに一般の男性よりも長生きであることが知られている。前立腺は、尿の切れや、精子のクオリティーをあげる役割があるものの、高齢者にとってはいわば車の速度リミッターのようなもので、排尿にはわずらわしい存在である。リミッターを外した車が、爆音をあげて走っているのと同様、前立腺をはずした男性は二十一秒のおしっこに戻ることで、「若返る」かもしれないのではと考えている。

一〇〇年膀胱を自立させるためには、人の一生での冬至ではなく、秋分の日を過ぎたころあたりから新たなアプローチが必要ではないかと考えている。

わきまえる男性と話が長い女性

オリンピック・パラリンピック組織委員長の元首相が、「女性が会議に入ると話が長い。」「組織委員会では女性はわきまえている。」と発言し、大変残念な結果になった。

ポリティカル・コレクトネスについては繰り返さないが、そもそも男性と女性では言語能力が異なることは誰でも知っている。三歳でもおしゃまな女の子なら、母親のファッションにもしっかりダメ押しする。三歳の男の子はと言えば残念ながら「あーうー」である。女性は言語中枢と左右の脳をつなぐ脳梁の部分が太くなっているので、物事に気づきやすいし、また言葉にしやすい。「ボーっと生きている」のは残念ながら男性である。

井戸端会議に象徴されるように、女性はあらゆるレベルの情報交換から、自分が属するグループの絆の確認をしょっちゅうしている「会議」のプロである。翻って男性のコミュニケーションはというと、集っても焚火を見ながら黙ってタバコを喫っているか、飲み屋に

行っての内輪話か大将と一言二言かわすぐらいが関の山だろう。「男は黙ってサッポロビール」が昭和の男のコミュニケーションであった。もちろん目立ちたい人、自己主張の強い人はどこにもいる。ただしみんなが受け入れるのでなければ、自慢話は銀座のお姉さん相手にでもやってくれということになる。

しかしヨーロッパでは酒場で喧々諤々ということは茶飯事であり、特にラテン系の人は良くしゃべる。彼らの言語脳はまたわれわれと違うのだろう。ヤマザキマリさんの『男性論』には、日本人（の男性）は話し合いを嫌うというくだりがある。日本人は「空気」を読むといったのはイザヤ・ベンダサンこと山本七平だが、ヨーロッパ人は議論してナンボと言えるかもしれない。笑いながら怒るという竹中直人さんの十八番は、日本人にはありえない。怒りは怒りの表情で、が基本だからだ。しかしこういう表現の「複雑系」は西洋人には難しくないかもしれない。

泌尿器科という診療科は、プライベート・パーツと海外では呼んでいる、普段隠されている臓器も扱うので、医師でさえも泌尿器科を秘尿器科と間違ったりする。泌尿器科の泌は、「分泌」する泌であって、「ホルモン」、特に「テストステロン」という男性ホルモンを扱っている。男性ホルモンは男では睾丸（医学的には精巣と言う）から主に分泌されるけれども女性でも卵巣や副腎、そして脂肪からも分泌される。肝っ玉母さんのようにでっぷりとしたおかあさんは男性ホルモンが高い。テストステロンは男性として生まれ、また男性として生殖機能を持つために必須だが、女性においても、テストステロンは女性ホルモンであるエストロゲンよりも実は数倍多い。最近の研究では認知力にも関係していると考えられている。

テストステロンは一言で言うと、「外で獲物を取って帰ってくるホルモン」である。朝起きて、「よし今日は獲物を取りに行こう」という意欲、獲物がいる場所や、しとめ方を考える認知力、そして長時間の行動を支持する筋肉力をテストステロンが支えている。首尾よく獲物を得るとテストステロンはぐっと上がる。さらに家に帰って家族から褒められたり感謝されるとさらにアップする。朗らかになって「明日もガンバロー」と思う。他人からも「ハツラツとしている」と評価される。「男の子は褒めて育てよ」は、いくつになっても男性のパフォーマンスを上げるよい処方箋である。

獲物を取る上でのいわゆる「段取り」を考えるのもテストステロンである。われわれのアンケート調査ではテストステロンが高い人は緻密で計画的である。例えば日記を書いている人はテストステロンが高い。女性でも自営している人はテストステロンが高い。一方「俺が○○になったら…」と夢想している人、喧嘩早い人、すぐ切れる人、権威に弱い人はテストステロンが低い。

テストステロンが高い人は、嘘をつかない、社会貢献をする、公平であるといった特徴を持つ。ボランティアに出かける若者はテストステロンが高い。男社会ではどんな組織でもその場の長のテストステロンが一番高い。逆に若者やヒエラルキーにチャレンジできる人以外は、長の前ではテストステロンは下がってしまって「長いものに巻かれろ」状態になりがちである。一方そうならずにチーム全員のテストステロンを高めることができるリーダーが最近注目されている。

面白いことにテストステロンは言語能力と相性が悪い。スポーツマンに口下手が多いのも当たり前である。しかし「感動した」とか「死ぬ気でやる」といった、いわゆるワンフレーズのメッセージでもテストステロンが高い人が発する言葉は支持されやすい。一方女性はまず言葉ありき、で言葉は共感を得ること、絆を構築するコミュニケーションのためにある。したがって女性が主宰する会議はよりフラットで平等なことが多い。

男性は、会議では「落としどころを考えた」発言、そしてヒエラルキー、すなわちテストステロンに応じた「場をわきまえた」発言をする。形式的な会議はともかくこれでは同調圧力のみ強く、新たな視点、幅広い視点からの議論ができにくい。なのでダイバーシティといって性別、国籍、バックグラウンドを多様にすることが今あらゆる組織で求められている。話が長い人、異論を唱える人がいない会議はもはや通用しない。もちろんこのダイバーシティの中に道をつけるためには、リーダーのテストステロンによる胆力、公平、公正さ、説得力が必要である。女性でも男性以上にテストステロンが働いている人は珍しくない。

テストステロンが極端に高くなると「千万人と雖も吾往かん」（孟子）という勇気と鈍感力が備わる。テストステロンはストレスから身を護る盾にもなる。しかしテストステロンは外に行かないと、また他人から評価されないと分泌されにくい。今、在宅勤務を余儀なくされる中で男性のうつやＤＶが世界的に増えている。テストステロンが出にくくなり、イライラが募っていることも一因だろう。朗らかになれないこの毎日をどう転換していくか。今、誰もが「獲物」を必要としている。少なくとも国をリードする人のテストステロンが高いと国民はついていくだろう。

桜と医療

今年は春が早く来た。

日本に謝肉祭があるとすれば、桜の咲く一週間ではないかと思っている。謝肉祭はそもそもゲルマン人が春の到来を喜ぶ祭りという。僕らは通りに、川の土手に、公園に、学校に、気もそぞろに桜を探し回る。イギリスを旅すると人の手が及んでいない原生林はもはや存在しないと聞いて驚く。自然が実は人工物であり風景という文化を構成している。しかるに高遠の桜はじめ、日本全国の素晴らしい桜の樹、また街中で目にする桜も、人工物であり、またそれがゆえに文化である。われわれにとっての桜のような存在は、ほかの国々にもあるのだろうか？　ヨーロッパやアメリカでは花は単に、花のような気がする。シンガポール人にとっての蘭が桜と同じかというと、どうも違う。日本人は桜に花以上のもの、霊というと変だが、美の核のような思いを共有しているように思う。

人生で経験したことは遺伝子には刻まれないというのが医学の常識であったが、最近に

なって生まれて以来の出来事も遺伝子として次世代につながるものがあることがわかってきた。ちなみに山中伸弥先生のｉＰＳ細胞はこの経験因子を白紙にした細胞である。日本人が虫の声を「もののあはれ」と感じるのに、西洋人には雑音としか感じられない、といった話を聞いたことがある。遺伝子に刷り込まれているからこそ、僕らが桜を見る目はいささか「物狂おしい」のだろう。冷静ではいられない、感受性が高まる何かがある。花見という祭りでは友と肩を組み、分け与え、桜で張り詰めた想いを共に緩ませる。

四月になると新しい医師が配属されてくる。昔は先輩に酒を飲まされたり、ご馳走されたりといった一宿一飯の恩義があって、診療科の医局に入るのが常道であったが、今は医学部を卒業すると研修医となり、二年間全科の基本的なトレーニングが済んでから、内科とか泌尿器科といった専門分野に進むようになった。

私が医師になって三十五年間の間に医療の確実性、安全性は飛躍的に向上した。この中で新米の医者の仕事も大きく変わってきた。例えば手術のため入院が予定されると、患者の治療予定、手術の説明文書に始まり、大量の文書を作成して医療者同士が確認し、保存していく。体温や血圧の測定頻度や痛みがあるときの指示なども全て予めパターン化して電子カルテに登録しておく。この膨大な医療に関する指示文書の作成を研修医が担うようになった。

私が泌尿器科医の「駆け出し」の頃は、手術の技術、痛みの管理はじめ、今から考えると何とも幼稚な医療の中、「患者に張り付いていろ」というのが新米の役割であった。例えば前立腺肥大症の手術の後は膀胱の中に出血が続いて苦しむ患者を、三十分おきに夜通し、尿道の管が詰まらないように洗浄するのが一年目の仕事であった。冷や汗を垂らしてうめく患者を、婦長が「今夜がヤマです」とうちわで扇ぎながら励ましていて、付き添いの家族がオロオロしているという、これはとんでもないところに来てしまったと途方に暮れたのを思い出す。どっこい患者は翌日には血も止まって、二週間後には満面の笑みで退院していった。今はうちわの婦長もひたすら洗浄する新米も付き添いの家族もいない。ナースステーションでは医者も看護師もほとんどの時間パソコンに対峙して文書を作っている。

知り合いの設計会社の役員のかたから、プロジェクトとオペレーションという話を伺った。日本語で言うと新規事業と一般業務ということになるだろうか。プロジェクトとは、先例がない事案。有効性、すなわちいかに目的に合致する成果を実現できるか、がマネジメントの目標となる。一方オペレーションは繰り返し行われる業務であり、効率性、つまりミスなく素早く、低コストで実行するかがマネジメントの目標となるという。

この話を聞いて、患者と家族にとっては、昔も今も病気を治すことそのものが未知なるプロジェクトであるのに、いつの間にか医療はプロジェクトからオペレーションに変化してしまっていることに気がついた。以前の不確実な医療では、患者・家族・医療者の全員がプロジェクトに参加して、共に泣き・笑っていたのに、医療が概ね確実になった今では、患者と家族が傍観するオペレーションとなっている。患者さんに手術の話をすると「でも、お腹を開けないとわからない部分もありますよね」と先回りしてくれる方がいる。これは「私の手術は、プロジェクトなんですよね」と念を押しているのだとハッと気づいた。

先例のないプロジェクトにはパッションが必要だ。テレビのプロジェクトXは、困難な事例に立ち向かう人の情熱の日々を撮っている。一方オペレーションでは、牛丼ではないが「安い、早い、うまい」、そのためには先取りして「見込む」ことを要求される。実際、申告した時間内で手術を終了できるかという飛行記録のようなインデックスが外科医の評価ともなる。とはいえ、ヒトのからだは「見込んだ」予想通りにはいかない。医師、看護師が「優秀」であると、このオペレーションから外れる状況に、うまく対応できないことを経験してきた。

不思議なことに患者さんは医師の手薄な日曜、休日に急に具合が悪くなる。平日の緊張が解けて急に熱が出たり、腸がストライキを起こしたりする。「優秀な」医師は「見込む」ことで作業能率を上げげて、自分の勉強時間を捻出する。ただしスケジュール管理には優れていても、不意打ちにめっぽう弱く、しばしば患者は急変する。一方勉強しない医師は、ぶらぶら病室を回っていて、患者の読む本について会話しながら、表情の微かな変化に気がついて処方を変えて体調を戻したりする。以前の同僚に、手術から回復した患者と、病室で一緒にTVナイターを楽しんでいた医師もいた。この医師は一編の論文も書かなかったが、患者からしてみると、花見の友に違いない。

桜を追いかける一週間が過ぎると、風に散った花びらは掃き清められて、日本人の祝祭は終わる。葉桜が酔った頭に優しく映る。

さまざまのこと思い出す桜かな（芭蕉）

今日無事

好きな言葉は何ですか?と聞かれるといつからか、「今日無事」という言葉がしっくり来るようになった。

「今日無事」は作家の山口瞳が好んだ言葉である。彼の『行きつけの店』（新潮文庫）にも「今日無事」と揮毫した暖簾の写真があるし、色紙にも好んでこの言葉を書いたという。山口瞳は、「主角のある人」だろう。言いにくいことを口にする。ずるいこと、節度のないことを嫌う。こういう人は世間では煙たがられる。しかし、そういう「角」を尖らせておけたことこそが、彼の天賦の才だろう。その山口瞳が晩年にようやく角が取れて丸くなった末に、「今日無事」に至ったということに、いささか彼に似たところがある自分は共感をしている。

医者の毎日に、病気やけがを治している時間というのはわずかしかない。大部分の時間は、次に会う時まで達者でいてほしいと祈ることに費やされている。がんがたまたま発見されて手術を受けた後に時間が経って再発の心配もなくなり「もう卒業ですね」、という時の患者

さんの顔を見るのは嬉しい。医者のほうも「無事」を未来まで願わなくてよくなるからである。そもそも私には、そう遠くまで祈りを届けるほどの力もない。そこで、とりあえず無事な今日を一日ずつ重ねていってほしいと祈っている。

この毎日の無事を専ら祈る医療が在宅医療である。医師が患者宅を定期的に訪問するシステムは実は世界でも珍しい。医師、看護師、介護士といった多職種がフラットに関わり地域を支えている。二十四時間対応をする在宅医を志す医師も年々増えている。このコロナ禍にあっても懸命な努力で在宅医療がクラスター化していないのは驚くべきことである。

十年前、大学病院の泌尿器科の主任になって、自分たちが診るがん患者のうちせめて近くの人だけでも、最期まで診療をしたいと思い、在宅医療を始めることにした。在宅医療は体温計、血圧計に聴診器くらいしか診断機器がない、ローテクの医療である。大学病院の医師が在宅医療を担うことに、泌尿器科のチーム内でも当然反対があった。何とか同僚を説得してスタートした、われわれの最初の在宅患者は、膀胱がんの転移にする抗がん剤治療が効かなくなった高齢のかたであった。無口で病院の大部屋のベッドに小さくなっていた人が、経営する工場の隣にある自宅に戻ってからは、家族や社員の声や工場から聞こえてくる作業音を聞いてすっかり元気になり、週単位の命のはずが数か月も元気で過ごされた。

在宅で患者さんが亡くなるのを見届けることを「看取り」と呼んでいる。病院には死期を知らせる心電図モニターがあるが、自宅には標となるものは何もない。患者さんが眠りがちになり、いよいよ旅立ちが近いと思われたころ、私はご家族に集まってもらい、亡くなるまでどう呼吸が変化するかをお話しした。実は私自身にもこのような話をするのは初めての経験であったが、話を聞いたお子さん、お孫さんは、交代で寝ずの番をしながら、呼吸が止まったことを見届け、われわれにご連絡をいただいた。病院での死亡はご家族の強い悲しみや喪失感に医師も打ちのめされる。しかし在宅での臨終では、ご家族には天命のままに看送ったという達成感があり、私たち俄か在宅医のケアにも心から感謝していただいた。この経験が在宅医療をしようというチームの心を固めてくれた。

在宅医療では「ごめん下さい」と頭を下げて訪問する。患者さんやご家族がお茶をふるまってくれることもあり、ゆっくり話すこともできる。なにより全身を丁寧に診察することで自然に医師の五感は研ぎ澄まされてくる。病院で生かされていた人が自宅で生きる力を得ると、医師の見立てが外れることもある。病院で入れられた胃瘻や尿カテーテルが不要になるのも珍しくない。

今年になって在宅医療をテーマにした二つの映画が評判になっている。二月から公開されている高橋伴明監督の「痛くない死に方」は、尼崎の「町医者」でこれまで一五〇〇人以上を在宅で看取ってきた長尾和宏先生をモデルにしている。長尾先生から「観てや！」と言われて、久方ぶりに映画館へ行った。長尾先生を奥田瑛二さん、がんの終末期の患者を宇崎竜童さん、奥さんが大谷直子さんという素晴らしい配役。柄本佑さんが、頭でっかちの「痛い医者」が患者の価値観を大事にする在宅医に成長する主人公を好演している。在宅医は自分の感覚と経験だけで素手の医療をしている。私がこれまで出会ってきた在宅医は、長尾先生含めサムライが多い。もちろん圭角がある人ばかりである。病者へのまなざしは優しいが権威とかガイドラインとかをものともしない人が多い。

もう一つ、ゴールデンウィーク後に公開されるのが、成島出《いずる》監督の「いのちの停車場」。こちらは大学病院で救急医療を担っていた医師が故郷で在宅医療をする話で、南杏子さんの原作も、終末期医療のみならず、老々介護、安楽死など今の医療の現実と倫理の矛盾をついて読みごたえがある。映画は主演が吉永小百合さん、在宅診療所の所長が西田敏行さん、さらに松坂桃李さん、広瀬すずさんという豪華なキャスティングで、公開が待ち遠しい。先日、日本対がん協会のイベントに、がんの在宅医療経験者ということでお声がけいただき、成島監督、そして対がん協会理事長の垣添忠生先生と座談会をさせていただいた。成島監督は、なんだか羅漢さんのような剛毅朴訥な人で、自身映画の撮影前に、がん宣告を受け闘病ののちにメガホンをとったことを伺い、この映画への想いを強く感じた。

「今日無事」とは安心立命を願う境地だと思っていた。しかし念のため調べてみると、「無事」は禅の言葉で「求心歇《や》む処即ち無事」（臨済録）、つまり「あるがままの自分でいること、外に価値や承認を求めるのでなく、自分の中に仏性を見出すこと」という意味であることを知って驚いた。山口瞳は、「今日無事」という角だけは丸くしたくないと願っていたのだろう。そして在宅医とは、一人一人の「今日無事」を身近で看守っている医師だと思う。

「痛くない死に方」「いのちの停車場」ぜひ映画館へお出かけください。

デジタル化でカンブリア爆発！

「お宝」を鑑定する国民的なテレビ番組を欠かさず録画している。芸術家のライフ・ヒストリー、あるいはお宝のカテゴリーに関する丁寧な解説が嬉しいし、フィナーレのお宝がはたして本物か、贋作かが毎回盛り上がる。尤もご先祖から大事にしてきたお宝が贋物とわかってがっかりされるご老人を目にするのは後味が悪い。

私の祖父は骨董好きであったが、ある時私に、「これという素晴らしい骨董を手に入れるには、よくないものも黙って買わないといけないものだよ」と教えてくれた。お宝の鑑定価格は単品そのものの価格だが、よい骨董の出物を教えてもらうには、骨董商が持ってきたものが、贋作とわかっていても受け入れる無駄も必要ということで、なんでも「馴染み」になるのは容易ではないなと悟らされた。骨董を商う人は本物を「まじめな」もの、偽物を「いけないですね」、などとちょっとぼかして表現していたが、テレビ番組のおかげで白黒はっきりつけないといけなくなると大変だ。

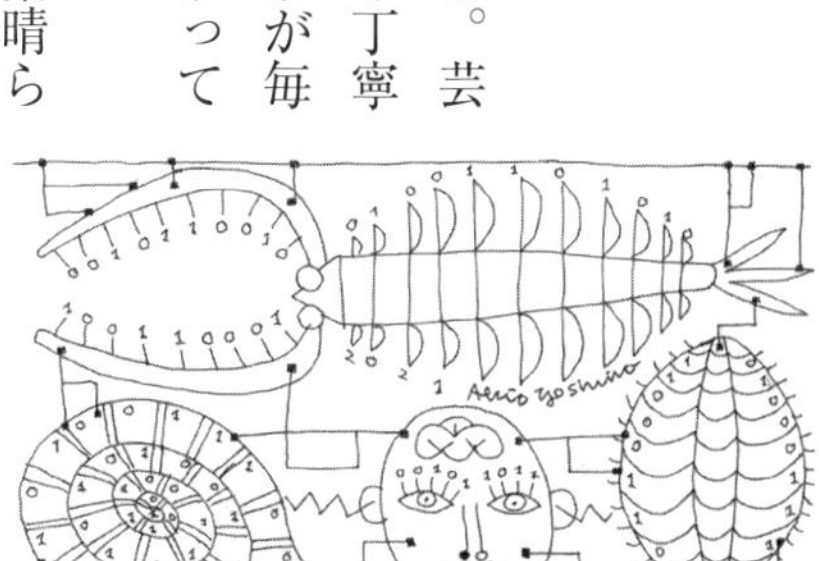

円山応挙の掛け軸の数は限られている。そう簡単に円山応挙を見ることができなかった時代には、レプリカの意味で我が家に伝わる「伝円山応挙」があってもよいと思う。「うちには円山応挙の軸がある」という誇りは、大げさに言えば青年の志にも資するだろう。なので、わざわざ「鑑定」しなくてもよいように思う。骨董に取り憑かれた小林秀雄の『真贋』はさっぱり陶器の鑑識眼のなかった小林が、美を生まれながらの肌感覚でとらえることのできる、怪人青山二郎のガイダンスで「成長」する物語である。青山二郎は「千円の雪舟もあれば一万円の雪舟もある」と言っている。これは番組の贋作についてのコメントでよくある、「悪意」のあるなしにも通じる気がする。悪意のある贋作の鑑定価格はもちろん安くないといけない。

いわばアナログである美術品を丸ごと視覚や触覚をもとに意識することは、そもそも他人とは共有できない瞬間的な体験であった。鑑定士は膨大な知識と、体験を積み重ねて世間が納得する美術品の価値を決める。

一方で情報のデジタル化により人工知能やバーチャル・リアリティ、拡張現実（AR）が登場し、全く新しい芸術体験が可能になった。デジタル化は森羅万象を〇か一の二進法で表現していく曖昧さのない情報伝達である。暗い部屋で茶碗を触わり、軸を眺めていた頃と違い、井戸茶碗も応挙も今では誰もが瞬時にアクセスでき、実際「本物」でなくともコピーを美術館やメディアで目にすることができる。さらには無限にデフォルメした茶碗や書画を産むこともできよう。そうなってくると、美術品の真贋の意味も変わってくる。

例えばコンピュータ・アートは、全く同じものを直ちに複製することが可能なだけに「オリジナル」をどう証明するかが問題になる。最近では巷間をにぎわしているビットコインなどの仮想通貨と同じように、多くのネットワークが認証しておくことで「本物」であることを証明するようになってきた。デジタル化は膨大な量の情報を極めて広い範囲で共有できるだけに、フェイク（偽情報）であるものもかえって広がりやすい。と同時に丸見えであるだけにセキュリティーも危険にさらされやすい。

生物の進化の謎にカンブリア爆発という現象がある。今から五億四千万年ほど前にそれまでの時代と不連続に突如様々な生物が爆発的に登場し、現在の多様な生物の原型がほぼ完成した。このカンブリア爆発が起きた原因は謎に包まれているが、一つの仮説として、眼が生き物に備わったことが挙げられている。カンブリア紀にはじめて地球に浅い海ができ、光があふれるようになって生き物に眼が形成されるようになると、それまで気がつかなかった隣人の生物同士、お互いが見えるようになる。食うか食われるかという状況が出現する。この情報量が飛躍的に多くなったことが、生物の多様な進化につながったのではないかと考えられている。

これを情報社会に例えると、狭い範囲にのみにしか情報が伝わらず、お互いの正体が曖昧模糊のままでは、変化の必要性はないが、お互いが良く見える、すなわち情報を効率的に得ることができ、さらに、はっきり見えるという透明性が、新たなイノベーションを生むことになる。世の中の情報量を爆発的に増やしたデジタル化が人類にもたらすインパクトは、まさにカンブリア爆発に匹敵する。

医療も急速にデジタル化している。私が専門とするロボット手術はすべての動作と映像がデジタル情報として保存され、楽譜のように共有される。胃カメラでは、既に異常な粘膜像がはたして癌かどうか人工知能が瞬時に判断できる。

しかしコミュニケーションはというと保健所に限らずほとんど全ての病院は未だにＦＡＸで情報をやり取りしている。これはデジタル化した情報をインターネット上で伝えようとすると、これまではセキュリティーが確保できなかったことに原因がある。病院の電子カルテは基本インターネットにつながっていないため、相互の情報交換がなかなかできないし、結果として地域あるいは国内の医療事情の情報も集めることに人力を要する。なにより情報の透明性、お互いの姿も見えないのが現状である。これまでグローバル化と喧しく言っていたのが、ワクチン接種一つとっても区町村の境をなかなか越えられない。デジタル社会で誰もがボーダーレスに情報のやり取りをしているのに、どうやら日本の社会システムは未だに鑑定名人がいないと動かない。

法律というのは解釈を要する難解な、かつ揚げ足を取られない巧妙な日本語で書かれている。しかし、そういう行政組織でも、英語のドキュメントはそこまで修辞が効かずに意外にストレートなことが多く、法律や制度の真意はむしろ英語の説明を読むとよくわかることがある。件のデジタル庁については、官邸の英語ホームページを読んでみると、官庁の情報をデジタル化して集めるプラットフォームの透明化と公平性を謳っている。その意気やよし、である。いまこそ日本の社会システムのカンブリア爆発を期待したい。

蝉とアンチエイジング

蝉が鳴きだすと梅雨の終わりも近い。

小学生の頃は九十九里浜に近い鬱蒼と樹が茂った家で過ごした。夏休みになると風が通る竹林のそばに茣蓙を敷いて二月堂机を置き、宿題をしていたことを思い出す。勉強に倦んで茣蓙に寝転ぶと、ヒメハルセミ、ミンミンゼミ、つくつく法師、アブラゼミの合唱に包まれる。晩夏、夕方に蜩が聞こえると、都会生まれで田舎にやってきた母は喜んでいた。

北米では今年は十七年蝉の当たり年という。十七年間地中にいて、一斉に成虫となり大発生する。このように周期的に発生する蝉には十三年蝉も知られている。どちらも氷河期の不安定な気候の中で、氷河の先端部にあたる地域で生き延びた蝉と言われている。毎年出てくる蝉は、幼虫が一定の大きさに成長し、地中の温度上昇をきっかけに地上に現れる。年周期蝉は、個体の大きさでなく、時の経過を知る体内時計を備えていて、なぜだかわからないが

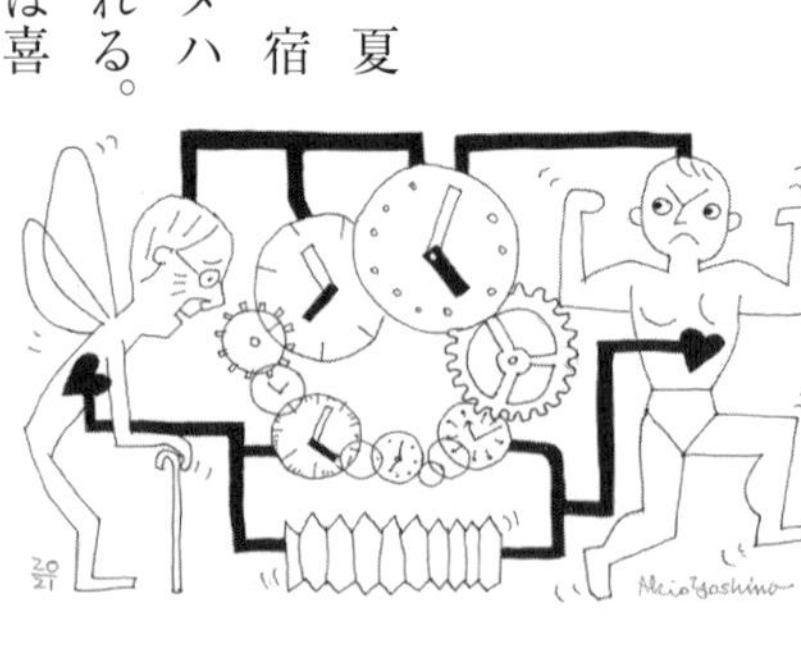

十三とか十七といった割り切れない素数年ごとに登場し、交尾を行い卵を産み、また十三年後、十七年後を待つ。このことをこの二〇〇万年繰り返している。恐らく様々な年周期のうち今まで生き残ったのが、十三年、十七年蝉なのであろう。ヒトの体の細胞にも時を感知する時計が存在する。これまで二十個の遺伝子が細胞の時計を動かしていることがわかっており、脳が情報を統括して二十四時間を刻んでいる。しかし周期蝉が年を刻むことができるのはなぜか、まだ解明されていない。

地中から現れて、成虫へとダイナミックに変化する蝉は古代中国では復活・再生のシンボルであった。埋葬品に翡翠で彫られた蝉が知られている。死者の口元に供えて、再び地中から蘇ることが願われていたのだろう。

アンチエイジングを研究する医学者、医師、医療関係者が集う日本抗加齢医学会の二十一回目の学術大会が京都で開催された。アンチエイジングは「いつまでも元気で自立」していく医学である。

臓器の機能を回復させる再生医療と、加齢の変化を予防する抗加齢医学はコインの表裏のような関係にある。ちょっと前までは、加齢に抗うアンチエイジングというのは、いささか趣味の悪い「まがい物」のイメージがあった。しかし今では最先端の医科学研究が議論される場となっている。この十年間でアンチエイジングに重要な細胞の代謝が解明され、また若返りさえも可能であることがわかってきたからである。

実験動物のネズミは、同じ種類であれば遺伝子の個体差がきわめて僅かであり、例えば臓器移植をしても拒絶反応が起きることなく受け入れることができる。そこで、高齢のネズミと若いネズミの血管をつないでお互いの血液が交流できるようにして、しばらく飼育してみた。言うなれば臓器を一部共有するシャム双生児を人工的に作成したようなものである。高齢のネズミは若者と比べて筋肉量が減り、また嗅いを感じる脳神経も衰え、血液の流れも滞っていた。しかし驚くべきことに、高齢のネズミは若者の血液が入るとみるみる筋肉が増え、嗅覚が戻り、血流も増加した。つまり若いネズミの血液には高齢ネズミにない因子が含まれている可能性があること、また血液の環境を変えると臓器の若返りが可能ということが明らかになった。このメカニズムをヒトで再現できれば、まさに死ぬまで長生きできる可能性がある。

実はこのアイデアがほぼ半世紀前に日本の国立がんセンター病院でも見出されていた。意外に思われるかもしれないが、がんの医学は、がんが遺伝子の病気であることがわかるまでは医学の主流ではなかった。近代医学の主流は臓器の美しいメカニズムを研究する生理学と、感染症の原因を見つける微生物学であり、がんは醜いゲテモノゆえ、何が何だかわからない対症療法を必死に行う領域であった。昭和三十七年にがん治療の専門病院として設立された国立がんセンターにしても、ヒト、モノ、カネすべてが少ない環境で手探りのがん治療を行っていた。柳田邦男の『ガン回廊の朝《あした》』（講談社）はそのような混沌の状況の中でがん患者に向き合ってきた医師の熱い思いがあふれている本である。

当時のがんセンターでのイノベーションの一つに「なま血漿療法」がある。

昭和四十年代では肝臓手術は極めて危険な手術で、手術は成功しても術後に肝機能が回復せずに命を落とす患者が多かった。異色の外科医であった長谷川博は、子供が手術後に母親の血液を輸血すると回復が早いことにヒントを得て、大人の肝臓がんの手術で、家族から採血した血液のうち、赤血球、白血球や血小板を除いた液体成分である血漿を、直ぐ輸血すると、患者がみるみる元気になることを見出した。エビの「躍り食い」のようにぴちぴちした「おどり」血には、刺身と違って患者の回復を早める因子が含まれているのではないか。牧場の搾りたての牛乳がうまいというのと同じ理屈である。

その後手術の洗練化、栄養療法の充実、集中治療の進歩などで「なま血漿療法」は不要になった。現在では輸血に使う血漿は凍結保存されており、家族血も使用しない。解凍される過程で生理活性物質は失われてしまう。しかし採りたての「なま血漿」が、肝臓を再生するのに劇的な作用をもたらしたのは、ネズミの若返りの実験と共通して、血漿という血液環境を継続的に変化させると若返りも、そしておそらくは老化の加速もありうることを示している。この現象の何がマスター鍵なのかを発見するため世界中の研究者がしのぎを削っている。

ファーブルは蝉の幼虫を詳しく観察している。地中の幼虫は「坑道」を掘り、木の根から吸った水分で土壁を塗り固めて、好ましい環境になるようせっせと仕事をしている。幼虫の体は水膨れしてぶわぶわしているのに、変態後の成虫は、パリパリと水をはじく体になる。十七年周期の蝉は、十七年間営々と地中で暮らした後に、一週間の第二の人生を太陽の下で過ごす。

梅雨明け十日と言う。夏の爽やかな空が広がる。蝉が地上の生を謳歌している。

自分の人生は未だ地中の蝉でないだろうか？と妄想してみると、鳴りやまない蝉の声に元気をもらえる気がする。

火星のスイカ

ＵＦＯ（未確認飛行物体）といえば、私を含め専らＳＦの想像物と思っている人が多いだろう。しかし最近米国の国防総省がＵＦＯを疑う画像を公開したことから、やはりＵＦＯの存在を国家が隠していたのかという陰謀説が喧しくなったり、ＵＦＯに遭遇した時の自衛隊の手順を検討するなどと大臣が記者会見で述べたりと、季節外れのエイプリル・フールの様相を呈している。そんな中今年の六月、ニューヨーク・タイムズ電子版に、「火星にスイカ畑が発見された」なる記事が一瞬現れた。これは社内の編集作業のトレーニング中に、本来公開されないはずの偽記事が誤って掲載されたことがわかったものの、世界で一番読まれている新聞メディアだけあって、珍記事を巡ってネット上では、「火星探索機がスイカをゲット！」といった揶揄する投稿がしばし賑やかであった。

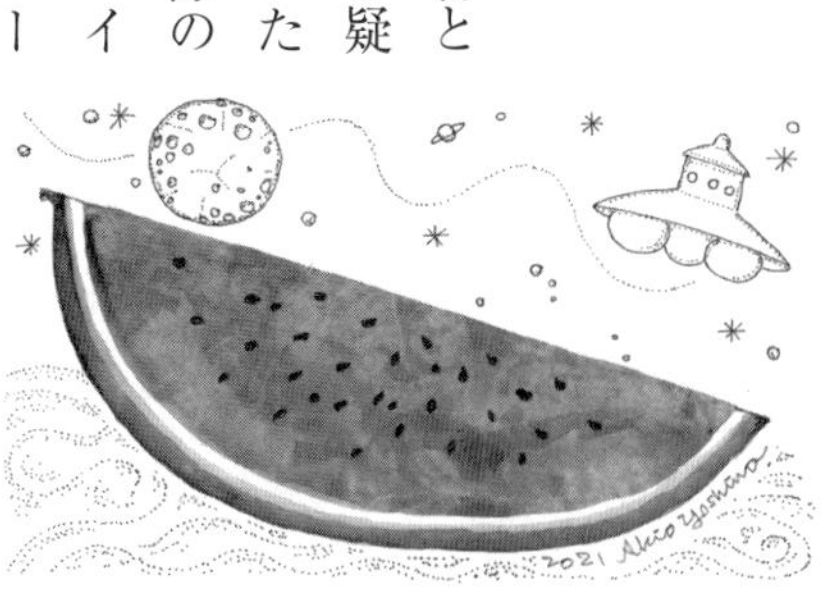

水の乏しい土地にスイカは栽培される。スイカはカラハリ砂漠が原産と言われている。

一八五八年イギリス人探検家のリビングストンが、カラハリ砂漠にスイカが自生している光景を発見した。カラハリ砂漠のスイカは、スイカというよりは瓜にそっくりで、水分が多く、かつ長期間腐らないために、砂漠に住むブッシュマンが、水分補給のためペットボトル代わりに持ち運んでいたらしい。紀元前五〇〇〇年頃、古代エジプトの農耕文化の発達と共にスイカは世界各地へ広がり、十一世紀には中国に広まった。日本では一一四〇年頃の「鳥獣戯画」にスイカと思われる果実が描かれている。

スイカ、メロンは瓜の一種である。戦国時代には、瓜は果物として大変人気があったようだ。「太閤記」には、関白である秀吉自らが瓜売り商人に扮する劇を諸国大名との宴で催し、大いに楽しんだという記述がある。当時の瓜は美濃の真桑村原産のマクワウリであった。秀吉は、若い頃瓜を心ゆくまで食したいと願っていたのかもしれない。徳川家康は江戸開府後、江戸の御用地でマクワウリの栽培を奨励しており、マクワウリは東京の伝統野菜である「江戸東京野菜」にもなっている。マクワウリは甜瓜という甘みを感じる漢字を当てる。ちなみにこのマクワウリとメロンを交配したものが、一世を風靡したプリンスメロンである。中国の新疆ウイグル自治区にはシルクロードが通っており、甘みの強い哈密瓜《はみうり》が栽培されている。マルコポーロも賞賛した哈密瓜を、ぜひ乾いた空気の中で食べてみたい。

さて、スイカに話を戻そう。扇風機、高校野球、スイカに蚊取り線香が昭和の日本の夏であった。江戸時代の浮世絵にも、今と同じように半月の形に切って盛られたスイカや、サイコロの形に切って皿に積み上げ、爪楊枝が刺してあるスイカが描かれている。最近はマンゴーや桃、ブドウに梨と夏の果実が目白押しで、スイカの出番も減り気味だが、どっこい栄養面ではスイカは果実の王様である。

まず皮に近い白い果肉には、シトルリンというアミノ酸が豊富に含まれている。シトルリンは一九一四年に日本人がスイカから発見している。このシトルリンには筋肉を柔らかくする一酸化窒素を産生する作用がある。一酸化窒素は、血管や神経から放出されて筋肉に作用する気体で、発見者のイグナロ博士ほか二名は一酸化窒素を発見した功績で一九九八年のノーベル医学生理学賞を受賞した。

一酸化窒素はからだの筋肉を緩ませる重要な分子であるが、加齢とともに血管や神経から産生される量は減少する。一酸化窒素の量が減ると血管の筋肉の柔軟性が損なわれて高血圧になったり、あるいは膀胱の筋肉が固くなると頻尿という状態が生じる。ちなみに一酸化窒素が減らないように分解を抑える薬の嚆矢がバイアグラである。

今のスイカは断面が赤い果肉だが、ルネッサンス期の絵画では、白い果肉の部分がもっと多く、中心から車のホイールのように伸びていた。おそらく品種改良により、味のしない白い果肉はだんだん消えていったのであろう。賢明なる先人はスイカの皮をぬか漬けにして、シトルリンを摂取していたのに驚かされる。血圧が高い、おしっこが近い、朝元気がない、という男子は、まずはスイカの白い果肉を独り占めして、秋に備えたい。スイカの白い果肉はカブトムシにはもったいない。

一方スイカの赤い果肉にはリコピンという栄養素が豊富に含まれている。このリコピンには強い抗酸化作用（活性酸素の作用を防ぐ作用）がある。からだは栄養を摂取して活用するために代謝を行う過程で活性酸素が出て、鉄が錆びるのと全く同じように、細胞や分子、遺伝子が錆びていく。この酸化作用が、加齢に伴う病気の共通の原因となる。また紫外線、放射線、タバコ、心理的なストレスもこの酸化作用を促進する。つまり酸化現象が老ける原因となる。リコピンはこの活性酸素の作用を打ち消す力があるので、動脈硬化や、心臓病、がん、糖尿病、眼の黄斑変性症、認知症の予防になる。また夏の紫外線による皮膚の劣化も抑えてくれ、運動後の筋肉痛の回復も早める。さらに悪玉コレステロールであるＬＤＬを減らしてくれる。最近の果物は糖分が多いため、糖尿病の人は果物を制限されている方も多いだろう。その点、スイカは低カロリーで安心して楽しめる。スイカの水分は熱中症の予防にも優れているし、豊富なビタミンと適度な利尿作用は、逆に酷暑で水分を過剰摂取することによる夏バテに効果的だ。こう挙げてみると、人類文明は古来よりスイカが支えてきたと言っても過言ではないし、さらに火星にも持っていくべき果物であろう。

「夕涼み　よくぞ　男に生まれけり」（榎本其角）という句からは、夕立の後、日差しが少し陰ったところでビールを飲む、あるいはスイカにかぶりつく爽快さが伝わってくる。

暑い日にはスイカとテキーラ、ライムジュースに氷をブレンダーにかけて、炭酸水で割り、タバスコをグラスに一たらしすると、カラハリ砂漠を旅する気分が味わえそうだ。

（参考図書：「食」の図書館『メロンとスイカの歴史』原書房）

父の群像

「ノボルさんの息子さんですか？」と急に声をかけられてびっくりした。動画の撮影で民間スタジオに赴いたときに、感染対策で会場に派遣されていた看護師さんからである。

父はパーキンソン病で喉と胃に管が入って長い間寝たきりで、母が亡くなった後、療養型の病院に入院していた。声をかけてくれたのは、当時父を看てくれていた看護師さんであることが短い会話でわかった。

毎週病院に面会に行っていたことから、会場のスケジュールにあった私の名前を見てもしやと思い、顔を見たら父に似ているので声をかけてくれたのだという。偶然に驚くと同時に、家族よりも遥かに長い時間父に接していた看護師さんから父が名前で呼ばれていたこと、そしてもう七―八年も前のことなのに、父のことを憶えてくれていたことに嬉しくなった。

父と雨の日に川べりに釣りに行ったことを思い出した。竹竿にハゼ釣りのしかけで、河口に近いところでは、たまに鰻や、スズキの子供のセイゴがかかったりした。なぜか雨の日のほうが記憶に残っている。けれども私は釣りに熱中することはなかった。また父は将棋が強く、将棋盤の前によく座らせられたが、父とは飛車角落ちまでで、それ以上上達することはできなかった。父親は自分の好きなことに息子を誘う。自分より上達してくれることが父親の喜びである。エンターテインメントを一緒に楽しめない息子は残念だったろうと思う。

父は早くに両親と兄を結核で亡くし、叔母の家で育てられた。叔母の家は東北でも裕福な商家で生活に困ることはなかったようだ。しかし戦後お世話になったその家を離れて東京の大学へと進んだ意思や経緯についてはとうとう父から聞くことはなかった。父の死後、姉のように育った人から、叔母の家には男の子がいなかったので、養子になり跡継ぎになってほしいと叔母夫婦は願っていたという。父は座談の名手で、人を笑わせることが得意であったが、人に同調することは好まなかった。

実家の本棚にトルストイ展の緑色のカタログがあった。検索すると一九六六年十一月、私が小学校一年生のときに父と上京してこの展覧会に行ったことを覚えている。この展覧会は日本近代文学館の竣工記念であったようで、志賀直哉や武者小路実篤が訪れたことが日本近代文学館のホームページに載っている。子供心に、カタログの表紙のトルストイのデスマスクが不気味であった。巻末にトルストイの墓の写真が何枚かあり、年代を経るにつれて、墓が草の中にすっかり埋もれていくさまが、文豪の足跡も平家物語のように儚いように思われた。父からトルストイの話を聞いた記憶はないが、わざわざ幼い私を連れて行ったのには何か父の思いなり、覚悟があったような気がする。改めてトルストイの経歴を調べると、父母を早くに亡くして叔母に引き取られ、後年生家のあるヤースナヤ・ポリャーナに戻ったことがわかった。

私がテキサスで医者をしていた時の同僚のジェフは、ユダヤ系アメリカ人で、陽気な男だった。屈託がないというか、なんでもすぐに一生懸命取り組むのだが後で間違いに気づいてがっかりするタイプである。ジェフは筋肉質なアスリートで自転車やジョギングに励んでいたが、野菜を食べず毎日昼はチーズバーガーであった。

ジェフは友人が少なく、ましてガールフレンドもいなかった。アメリカにはジューイッシュ・マザーという言葉があって、ユダヤ人の母親はあれこれ息子にうるさく指図するのが当たり前とされていた。事実ジェフの母親はジェフにガールフレンドがいないことが不満だったようで、思い余ったジェフはある時黄色いバラをたくさん買ってきて、これを院内で見かけた素敵な女性に渡してくれという。ちなみに「テキサスの黄色いバラ」は、アメリカ人なら誰でも知っている古い民謡である。とはいえ「ジェフがあなたに好意を持っています」と、私が伝言しに行くのも変だし、そもそも気のきいたセリフなんか言えないぞ、と言っても構わないからというので、しょうがなくその女性に会いに行った。細身のやはりアスリートタイプの彼女は、テキサス出身の研究者でバラには喜んでくれたが、ジェフに関心を持つことはなかったようだ。その後病院で出会うと僕にはいつも笑顔で挨拶してくれた。

ある日ジェフが、ニューヨークから父親が出張で来るので一緒に食事をしないかと誘ってくれた。父親と二人で食事するのはお気楽なジェフでも緊張するのだろうと、指定されたステーキハウスに出かけて行った。そこは富豪の多いダラスでも一、二を争う高級店で、個室でタキシードを着たソムリエがデカンタしたワインを注いでくれる。

ジェフの父上はパッと見では父親というよりお祖父さんといってもおかしくない年恰好であった。ニューヨークで保険の仕事をしているという、父上は寡黙な人で、専らジェフが身振り手振り忙しく、私の紹介やら、病院での取るに足らない出来事やらを話すのをニコニコして聞いていた。おかげで自分はさして緊張もせずに滅多に食べられないステーキに専念することができた。帰り際に父上は「ジェフをよろしくお願いします」と私の目を見て握手してくれた。

翌日ジェフに昨夜の礼を言うと、「俺の親父は老けてるだろう」「そういえばそうだね」「親父はアウシュビッツの生き残りなんだ。親や兄弟みんな亡くなって、一人生き残って戦後ニューヨークに出てきたときに、同じアウシュビッツにいた母親に偶然出会って結婚したのさ。それで遅く生まれたのが俺だよ」そう他人事のように明るく話すジェフと、この世の地獄から生還して日常を送っている父上が親子であることに眩暈がするほどの衝撃を覚えた。そして握手した手の強さから父上のジェフへの強い愛情を感じた。

父が亡くなる間際に、「もう『堀江』をやめたくなった」と言ったと看護師さんから聞かされた。自分が父母兄弟を亡くして背負ってきた「家」の荷を降ろしたかったのだろうか。ジェフはその後ミシガン湖に面したミルウォーキーで開業した。結婚してお嬢さんが生まれ相変わらず自転車を楽しんでいる。コロナ禍を彼なりに闘っていることだろう。元気でいてほしいと願っている。

パラリンピックと共に

コロナ禍になってからヨガを始めている。抗がん剤治療を受けている患者さんがヨガをすると、心身がリラックスして免疫力がアップするのでは、ということから、まずは自分で試しているうちにすっかりヨガにハマってしまった。子供のころからからだが硬い上に、長年手術をしてきて、体が歪んでいる。ヨガの先生にも「カッチカチですね」と笑われたが、硬いだけでなく、バランスも悪い。「土踏まず」と呼ばれる足のアーチが衰えて扁平足気味になり、さらに左のふくらはぎの筋肉も落ちていると指摘されたので、通勤は革靴でなく、土踏まずを強化するスニーカーに変えて、電車ではつま先立ちの練習もしている。不思議なことにヨガを続けていると前屈も自分史上、最大限できるようになってきた。ヨガのポーズが決まると、色々な筋肉のトーンが調和して得られる、いい感覚が嬉しい。

多くの制約や議論があったオリ・パラであったが、開催されてよかったと思う。声援は選

手を勇気づけ、力を与えてくれるだけに無観客は残念であった。しかしそのおかげでどの国のアスリートもニュートラルな環境の中で「より速く、より高く、より強く」パフォーマンスを発揮できたのではないだろうか。

国際オリンピック委員会はこのオリンピックのモットーに、今回「共に」を付け加えた。コロナ禍や戦災、災害に立ち向かうという意味での「共に」であることは理解できる。しかし「共に」という言葉は、エンターテインメント化したオリンピックをコロナ禍で開催することを正当化するためのように感じられた。競う選手は美しい。それだけでいい。観客のことを慮らなくてもよいのではないか。

そのような中で開催されたパラリンピックであったが、むしろオリンピックの真髄は、パラリンピックにあることを強く感じた。パラリンピックは、エンターテインメントではない。まず競技者は自分とは全く異次元の世界にいるという驚きと尊敬。そして競技をスタートする時点で、どの選手にもある劇的なストーリー。国枝慎吾さんが流した涙に、オリンピックとはまた違う、深い感動を貰った気がした。

パラは脇役ではない。馬術やボートといったバランスを取ることがことさら重要なスポーツにも、脚の働きを持たない選手が登場している。運動生理学ではボートは全身の筋肉量と有酸素運動の効率が艇のスピードを左右するとされている。脚がないパラ選手では、全身の筋肉量が少ないだけでなく、筋肉を流れる分の血液量も減るので、筋肉疲労の予備力が少なくなる。通常の運動理論があてはまりにくい状況に加えて、並外れたトレーニングを要するはずである。さらに四肢がなくても水泳や卓球に、自在なパフォーマンスをしている選手を見る驚きは強烈であった。オリ・パラでのアスリート間の実力差も接近している。「義足のロングジャンパー」であるドイツのマルクス・レーム選手の記録が、あやうく健常者の記録を超えてしまいそうになった。パラの選手は、身体機能を何かしら喪失していることになっているが、引き換えに新たな機能を獲得し進化している。この人体の適応力には目を瞠るものがある。

「美学者」である伊藤亜紗さんは、『目の見えない人は世界をどう見ているのか』（光文社新書）の中で、目の見える人は三次元のものを二次元としてとらえてしまう一方、目の見えない人はむしろ三次元の広がりを感じていることを指摘している。また眼は視覚、耳は聴覚といった、器官と感覚の関係は厳密に一対一でなく、お互いが変化融合することもあると述べている。

卑近な例であるが、私がロボット手術をするときに、マジックハンドのような器具で臓器を掴むと、触覚がないのでどういう力を臓器に働かせるか最初はひどく戸惑った。しかし慣れてくるとモニターで臓器を引っ張るのを目にすると、自分の手が引っ張っているような新たな感覚が生まれてきた。この現象は脳の視覚を担う神経細胞が、触覚を担う細胞に働いて、引っ張る触覚を認知させる結果だと考えられている。視覚に頼らない人は、われわれには全く想像ができない新たな感覚を持っているだろう。

視覚障害でトライアスロンの金メダルを取ったスサーナ・ロドリゲスが医師であることを知って驚いた。彼女は幼いころに視力を失っている。色覚異常であったら医師になれないのが常識であったが、実は米国にはかなり前から、盲目であっても医師免許が認められており、精神科が多いが麻酔科医もいる。麻酔科医は手術野をのぞき込みながら、麻酔をコントロールしあるいは輸血を準備したりしているが、必ずしも視覚で得られる情報は、安全な手術のナビゲートには必要ないということになる。また盲目であっても、ほかの研修医と全く同じトレーニングを受けるのが原則であり、（手術に入って、アシストもする）そのバリアフリー度はさすがに米国と言える。

他の国も少しずつ視覚障害者に門戸を開いている。日本では医学部に入ってから視力を失った人が例外的に医師免許を与えられているが、障害者が積極的に医学部に進める体制はない。しかし障害がある人こそ医師、看護師に向いている場面もあるだろう。視覚による思い込みがなくなると、患者との会話、そして触診や聴診でヒトを診ることに優れた医師になれそうな気がする。

障害者という考えは、個性を殺した社会の中で、人を労役や戦争に駆り立てる基準からスタートしているという。まさに「塞翁が馬」である。しかし、多様性を認め合いながら、不便さ・バリアを解消していく社会を創るときには、「共に」が必要だ。「障害者」とされる人は世界人口の一五％になるという。東京２０２０パラリンピックが、「障害者」の人権運動である「#WeThe15」の始まりとなったことは日本にとって誇らしい。そして、オリ・パラの舞台裏では、徹底的な感染予防のための「史上最大の作戦」がなされていたことも称えてほしいと思う。

オリ・パラが終わって、朝、駅に急ぐ道には、ジョギングを楽しむ人がぐんと増えた。車いすのジョガーも、ブラインドジョガーも、老若男女が「共に」走る日が来るに違いない。

時雨の唐辛子

緊急事態宣言が漸く明けて、久しぶりに外食でもというとき家人が、タイ料理を食べたいというので出かけて行った。同じことを考える人が多かったようで店内は満員、女性のほうが多い。タイ料理は、唐辛子の辛みと痛みを冷たいビールで流し込むのが妙味だが、その日のトムヤンクンはぬるくて、旨みはあるが唐辛子のパンチが効いてこなかったのが残念であった。

英語では、辛みも暑いも同じホットである。この唐辛子を辛いと感じる仕組みを解明したデービッド・ジュリアス博士が今年のノーベル医学生理学賞を受賞した。唐辛子の成分であるカプサイシンという分子が、口の粘膜の細胞にあるユニークなレセプター（受容体）にくっついて辛み刺激を伝えることを一九九七年に発見している。

塩辛いとか酸っぱさは、口に入れてすぐ感じる。タイ料理で辛みを感じるのには時間差があって、最初は大したことないなと思った後に口の中が火事になる。これはカプサイシンが

一旦細胞の中に取り込まれた後にこのレセプターにくっつくからであって、従って細胞の中に入ってしまったカプサイシンは慌ててビールをごくごく飲んでも流されず、カプサイシンとレセプターの化学反応が終わらないと辛みからは解放されない。このカプサイシン・レセプターは胃腸の動きを活発にしたり、食欲を抑えると同時に代謝を高めて、体脂肪を少なくする。ダイエットにタイ料理は最適である。

ジュリアス博士は、神経生物学者で独り立ちしたばかりの時に痛み刺激の研究をしたいとぼんやりと考えていたが、たまたまスーパーマーケットのスパイス売り場を通りかかった時に、よし唐辛子を研究しようとひらめいたという。驚いたことにジュリアス博士が発見したレセプターは、唐辛子のためだけでなく、四十三度以上で反応する温度センサーでもあった。風呂の温度が熱い（痛い）と感じるのもタイ料理が辛い（痛い）と感じるのも同じメカニズムなのが痛快だ。そして生物には同じような形の環境センサーが沢山あり、様々な臓器で働いていることがこの三十年でわかってきたことが今回の受賞の理由となった。

高温だけでなく、十七度以下の低温に反応するセンサーもある。これは面白いことにワサビのレセプターでもある。唐辛子は温度が高いとレセプターが活発に働いて辛みを強く感じる。トムヤンクンはグラグラ沸き立っていると超辛い。一方で冷えたカレーはあまり辛くない。ワサビは逆に冷たいと辛みを感じる。蕎麦つゆや刺身の冷っとする食感にワサビがマッチするのも、このセンサーのおかげである。ハッカを涼しく感じるメントールのレセプターも温度センサーで二十五—二十八度という温度より低い環境に反応する。このレセプターは前立腺にもあり、尿意にも関係するのではないかと言われている。ちょっと寒くなった秋口におしっこが近くなる人が多いのもそのせいかもしれない。

ジュリアス博士が発見した環境センサーは痛みを感じるメカニズムにも深く関わっている。傷が化膿すると腫れて痛む。熱を持っていると感じる。これは炎症が環境センサーを活発にしているからである。このセンサーの働きをブロックする薬が開発され、神経から来る慢性の痛みに苦しむ人が減った。日本でも多くの人がジュリアス博士を嚆矢とする環境センサーの研究の恩恵に与っている。

ジュリアス博士のノーベル賞の対象となった研究の実験を行ったのは、当時留学していた富永真琴さん（現・生理学研究所教授）である。富永さんとは面識はないが超人的な才能と勤勉さ、そして幸運の持ち主であったと想像する。恩師のノーベル賞受賞に心より敬意を表したい。八〇年から九〇年代は、アメリカに多くの日本人医学研究者がいた。富永さんが唐辛子のレセプターを探す少し前に、僕は米国で、肉を食べてもどうしてからだは酸性に傾かないかという研究をしていた。その頃は生き物が環境にどう適応しているのかを研究することが知の最先端であった。肉だけ食べるとからだが酸性になるから野菜も食べなさいというのは常識になっている。肉はリン酸、塩酸、硫酸といった、酸性物質を多く含んでいるので、肉食はからだを酸性にするはずである。腎臓には塩の成分のナトリウムを取り込むごとに、酸性物質である水素を尿に出す回転ドアのような仕掛けがある。僕は腎臓の細胞が、肉を食べてからだが酸性になると、この回転ドアの回転数を早くするメカニズムを初めて見つけることができた。

当時は一緒に研究をしていたカナダ人のオルソン、中東系アメリカ人のミゲルと、23クラブと称して、仕事を片付けて二十三時にコーヒーを飲みながらその日の結果やサイエンスの夢を語っていた。ちなみに23クラブは当時のニューヨークのトップ・ナイトクラブであった。自然を相手にする医学研究は九九%うまくいかない。ハードワークはもちろんだが、期待していた実験結果が出なくてもめげない鈍感さと根気が必要である。さはあれど意味がある結果を見だせるか、失意のうちに研究を離れる結果になるかは運がやはり大きい。

三十年経った今、日本人の医学研究者は米国には僅かしかいなくなった。かつては夢であった米国での研究環境に日本も追いついてきたこともあるが、むしろ医学に夢を感じる人が少なくなっているのだろう。経済の世界の中心が時代により代わっていくように、知の最先端という金鉱も新たな場所で発見されていく。

暑い時こそ唐辛子だが、寒くなってくると鍋料理が待ち遠しい。池波正太郎は小鍋仕立てが好きだったと書いている。豚のコマ切れに白菜を昆布だしの小鍋でさっと煮ながら、一人でぬる燗をやる。時雨の夜には一味唐辛子がいいだろう。還暦を過ぎたらそのくらいの贅沢はさせて欲しい。

初時雨　□も小蓑を欲しげなり（芭蕉）

小学校の進学教室で、空欄に動物の名前を書き入れる問題があった。「犬」と書いて見事×を貰ったことをまだ憶えている。（正解は猿）

いちご白書再び

往年の青春ドラマのスターである俳優・歌手のAさん、政策通のジャーナリストのBさんと飲む機会があった。AさんはBさんと同じ大学の一年先輩だがこれまで面識はなかったという。お二人は私の一世代先輩にあたる。酒を酌み交わしていると、勢い話は一九六〇年から一九七〇年代の出来事、あさま山荘事件や三島由紀夫事件などの騒々しい時代の記憶をたどることになった。

Aさんが受験の年は東大入試がなかった、あの一九六九年であり、ある意味受験のヒエラルキーから解き放たれた空白の一年である。Aさんが大学に入って演劇に熱中し、ほどなくしてプロデビューした頃、Bさんは自治会の執行部として活躍していた。世界中の若者が体制に反発し、異議申し立てをした時代。Bさん曰く学園紛争は連帯、裏切り、そして同志間の恋愛など、まさに映画「いちご白書」そのままの「闘争」生活であったようだ。

「いちご白書」は一九六八年のニューヨーク・コロンビア大学の学園闘争の体験記を基に、

好奇心から学生運動に身を投じたボート部の学生と、活動家の女子大生が主人公の青春映画で、タイトルはコロンビア大学の学長が、学生の政治的な主張は学生がいちごが好きかどうかと同じくらい意味がない、と宣ったことから来ているらしい。「白書」というと政府の公文書をさすので、「いちご白書」とは「取るに足らない」とされた学園紛争のドキュメントという意味なのだろう。

この学園紛争がどうして世界で同時期に起きたのかについてはまだ、世界史の中で明確な評価はなされていないように思う。戦後の経済成長により、伝統的な価値社会が大衆消費社会へと変化していき教育の意義に疑問が生じてきたこと、ベトナム戦争に象徴される、戦後秩序の綻びと平和が再び脅かされる危機感、さらにはベビーブーマーがその数ゆえに、絶えず我慢と競争を強いられていた、などなどさまざまな理由はあるにせよ、世界の若者が同時代にシンクロして共感し、異議申し立てを行ったことは大きな意味を持つ。

一方で当時父親たちは、戦場という地獄から生還して、戦争を一切語らずに黙々と社会建設を進めていた。父と子は相克する存在ではあるものの、漸く復興してきたというとき、その果実を享受すべき世代が、時代の犠牲になって青春を失った自分たちが築いたものに反発してくること自体、全く理解ができなかったのではないかと想像する。紛争最盛期の活動家は人生が大きく変わった人も多かったという。大学病院の研修医の待遇改善から端を発した東大紛争でも、活動家は大学に戻ることなく地域医療に邁進した医師が多い。属していたセクト同士の抗争のため、今なお同窓会が開けない学年もあると聞く。しかし後年になると学生運動に参加しても、社会に出ると軌道修正していくことも多かったようだ。ちなみにユーミンが書いて、バンバンが歌った「『いちご白書』をもう一度」は、一九七五年という、学園紛争が峠を越してもはや学生が社会を改革する空気ではなくなっている状況を反映している。

Bさんが副委員長として活動していた自治会執行部にも、活動を共にしたジャンヌ・ダルクのようなマドンナがいた。このマドンナはなぜか闘争中に姿を消して大学には現れなくなり、以後消息不明で気がかりであったという。ところが最近になってたまたまAさんを特集したテレビ番組を観ていたところ、このマドンナがAさんの大学時代の仲間として出演しているのを見つけてびっくりした。Aさんとマドンナはもともと学部の同じクラスで、Aさんはマドンナと講義ノートの貸し借りなどもしていたらしく、交流が最近復活したのだという。世間は狭いという笑い話になったが、このマドンナが逞しく普通の学園生活と学園闘争の二つの異次元の世界と時間を過ごしていたことが愉快であった。

ブッダは「過去を悔い、未来を妄想することなかれ」と言っている。してみると男性というジェンダーは、そもそも過去と未来に囚われる生き物なのだろう。♪「現在・過去・未来」で始まるのは渡辺真知子の「迷い道」であるが、女性はと言うと絶えず今、現在を生きている気がする。そういえば祖母も母もほとんど昔話をしなかった。女性が、育み世話をするジェンダーであるがゆえに、観念よりも現実に即して生活できるのではないだろうか?

今、地球温暖化が、地球の将来にとって極めて大きな現実的な問題であることは論を俟たない。オバマ元大統領は国際会議で、若者へのメッセージとして、スティーブ・ジョブズのステイ・フーリッシュ(馬鹿であれ)をもじって、ステイ・アングリー(怒り続けろ)と檄を飛ばした。これに呼応するように多くの若い女性活動家が発信をし、世界の連帯を呼び掛けている。舌鋒鋭いグレタ・トゥーンベリさんが有名だが、ウガンダの環境活動家ヴァネッサ・ナカテさん(二十四歳)は、「石炭は食べられない」というスローガンを掲げ、気候変動の影響を受ける弱者のための施策を訴えている。

温暖化の元凶である二酸化炭素の大半は、日本含め一握りの富裕国が排出している。一方、発展途上国、とりわけアフリカや東南アジアは、激しさが増している異常な洪水や干ばつ、暴風雨に見舞われている。「排出ガス増加の責任が最も小さい人や社会が、この瞬間に、最悪の気候危機に直面しているのです」(AFP通信)。男性が過去に囚われて動けないうちに、この重大な異議申し立てが女性から積極的になされていることに大きな意義がある。

マドンナの話で盛り上がった夜であった。団塊の世代は、激しい競争を生き抜いてきただけに、ご自分の意見をはっきり言い、かつすこぶる元気だ。たった十年でも六〇年代生まれの僕らとはだいぶ鍛えられ方が違う。先の選挙では高齢になるほど政権党への批判が強く、若い人ほど政権党を支持しているという報道があった。団塊の世代の方々はどう思われるのだろう。

今年は大谷、大坂選手はじめ多くの日本人アスリートや芸術家が活躍した。そろそろグレタやヴァネッサのような若い女性活動家が日本でも出てこないか、来る年を楽しみにしている。

医食同源を身近に

暮れに散髪に行く。なじみの会津若松出身の店長としばらくぶりに、マスク越しながら会話をする。勢い正月の話から、ソウルフードであるお雑煮の話になる。

会津ではお雑煮でなく、つゆ餅と呼ぶらしい。バリエーションが多いが、野菜や鶏肉、あるいは大根おろしの入った出汁に餅を入れて食べるそうだ。今年は田舎に帰れるので嬉しいと言う愛知出身のシャンプーガールに、名古屋は赤味噌?と聞くと、ちょっと憮然として「うちは醤油ベースです」と言うのが面白い。日本全国、地域であるいは母親から引き継ぐお雑煮がある。宮城はアワビやイクラといった豪華な食材を入れるお雑煮、千葉の九十九里は出汁に里芋、青のりのみというシンプルなお雑煮だ。

米国で日本の正月に当たるのは感謝祭であろう。ばらばらに住んでいる家族が必ず集合するという意味では、日本の盆と正月を一緒にしたものかもしれない。一一月下旬の感謝祭の

前後はどこに行く飛行機もパンパンだ。感謝祭では詰め物をした七面鳥の丸焼きを食べることが習わしである。七面鳥自体は味が淡泊なので詰め物の中身に工夫を凝らす。また小麦粉にトウモロコシの粉を加えてフライパンで焼くコーンブレッドが彼らのソウルフードとなっている。このコーンブレッドもお雑煮同様、家ごとに属人的なレシピがある。子供のときから老齢になるまで、記念日に同じレシピのソウルフードを食べることができるとしたら、幸せな人生に違いない。

東京のお雑煮の具といえば出汁に青菜、シイタケ、鶏肉、海苔が定番だが、祖父が天ぷら屋であったことから、わが家は鶏の代わりにエビの天ぷらが入る。一椀にちょっと小ぶりなエビが二本ほど入ると、天ぷらから出る脂がお餅に合っておいしい。この祖父が戦前に考えた広告コピーが「油断大敵」。当時は外食も稀であるし、脂肪を積極的に摂取する食習慣がなかった。延暦寺の法灯を絶やさないために、火種の油を切らさないようにというのがこの語源ながら、これを天ぷらの油にひっかけて油を摂りましょうとアピールしたのはいまでも秀逸だと思う。

この五十年の食生活の変化を見ると一人あたりの脂質の摂取量が五倍に増えている。一方昭和二十一年のカロリー摂取量が現在よりも多いことに驚く。肉を食べることが少なかったのと、物流が悪く新鮮な魚介が山間部では手に入りにくいこともあった。また牛乳、乳製品も一般的ではなかった。つまりどんぶり飯で炭水化物のみならずたんぱく質も摂っていたことになる。

今では脂肪の摂り過ぎは動脈硬化や心臓病になると脅かされるが脂肪を摂取するようになった意義は実は大きい。日本人の体力はこの間どの年代でも直線的に向上しているし、事実同じ六十歳でも昭和三五年と今では老け方が全く違う。この理由は脂質摂取の増加にあるのではないかと考えている。鮭の皮、鶏の皮、焼きサバのおいしさはこたえられない。甘味・旨味・塩味・苦味・酸味の味覚と違って、油自体の味は感じないが、味覚を油が包むと脳が喜ぶような感覚を受ける。

脂肪の成分である脂肪酸という物質のセンサーも舌にあり、脂肪のおいしさを感じて脳に伝える。最近オリーブオイルと魚介を多く摂取する地中海食が認知症の予防にいいことがわかってきた。脂肪センサーの一つＣＤ36という分子が活性化されると脳神経に働いて、アルツハイマー病の原因となるアミロイドを除去するという。また脂肪を含む食事を摂ると、うつ病の予防や治療の効果がある。

小説家の水上勉に『精進百撰』（岩波書店）という本がある。心筋梗塞で心臓の三分の二の筋肉が壊死を起こし三年近く入院をしていた水上勉が、沢山の薬の副作用と病院での拘禁生活に疲れ、意を決して病院を脱走して、長野県北御牧村に庵を立て、気ままに調理した精進料理を食べるうちに健康を回復するという痛快な話である。

水上勉は学童期にお寺の小僧をしていた。この本には自己流精進料理のレシピが美しい写真とともに紹介されている。精進料理だから肉、魚は使わない。しかし、精進料理はあっさりしているという先入観に反して、どれもこれも実においしく思える。胡桃や胡麻に加えて意外に揚げものが多く、油を使う料理が多い。なかでも「黄檗風てんぷら大根」は複雑なレシピだ。考えてみれば精進料理は中国から仏教とともに伝わっているのだから、原型は中華料理と考えて差し支えない。江戸時代までは庶民が油で調理した料理を食べることは稀であった。一汁一菜ではあっても、僧侶たちは栄養価が高い、恵まれた食事をしていたことになる。水上勉はその後一五年生きた。

心筋梗塞で死ぬことが少なくなったのは医学の進歩ではあるが、自分の体調にお構いなしに処方される、沢山の薬に閉口する人も多い。水上勉が食で健康を取り戻した話は、食材と胃腸、そして腸内細菌が働くと、心臓の機能も回復できるというからだの回復力の可能性を教えてくれる。自分のからだにあう食材を適切に調理し、口から栄養を摂ること、まさに医食同源である。

例えば鯖は、動脈硬化や認知症を防ぐ脂質を豊富に含んでいる。実は医食同源と言う意味では、生の鯖を調理するよりも、現代の技術で作った鯖缶を食べるほうが、より多くのカルシウムも摂取でき、品質や食の安全も担保される。最近では金華山沖で獲れる金華鯖など、栄養価が高い高級ブランドの鯖缶も登場している。精進料理に加えて鯖缶を食べていれば、さしあたり認知力、筋力、免疫力には申し分ない栄養を摂ることができる。

医食同源の観点からみると、日本の各地に隠れている優れた食材を最新の技術で調理し、効率よい物流で各地に届けることが国民の健康増進につながるであろうし、さらに海外へも届けることができれば、日本のヘルスケアの国際展開になるであろう。

「おせちもいいけどカレーもね」というコピーは昭和五十二年であった。おせちに飽きたら三が日でもカレーを食べていいんだ、という自由な発想に、当時驚いた記憶がある。おせちも今では専ら出前食になってしまったが、一家のソウルフードは次世代に遺していきたい。

異種移植の曙

医者は最初の二年間が大事と言われる。鉄は熱いうちに打て、という意味もあるが、最初の二年間の環境がその後のその医者の在り方を左右すると言われている。

医者になった最初の一年、救命救急医療に携わっていた。救急では物事は秒単位で動く。一方慢性的な病気を扱う診療科では時間はもっとゆったり流れる。週とか月の単位で判断していく内科医の時計は、救急医とは全く異なる。外科医は飯を食べるのが早い。とりわけ救急医は超特急、いわば瞬食で済ませるか、あればありったけ夜中でも食べる。その習慣が三十年たってもちっとも抜けずに、他人とスピードを合せて食事するのが苦手だ。

その救急医時代、海外某国の著名な学者で政治的にも日本で言えば参議院議長にあたる重要な要人が講演中に倒れて、われわれに救急要請があった。駆けつけると既に心停止している。蘇生措置と心臓マッサージを続けていたが、心拍は回復しない。その国の大使館員が到

着したので、「もう回復はしません」と告げると「わが国に極めて大事な人なのですぐに誰かに脳移植をしてくれ、日本の技術ならできるはずだ」と必死の形相で喚いた。あっけにとられたリーダーが、「脳移植は無理ですよ」とけんもほろろに言うと、「では心臓移植をしてくれないか」と強く主張する。心臓マッサージをしながら、押し問答を一時間も続けただろうか、大使が到着されて、さすがに物わかりよく納得され、ホッとしたわれわれは心臓マッサージを止めて死亡を宣告した。翌朝要人は氷詰めになり、特別機で母国へ飛び立ったそうだ。いきなり「脳移植」という奇想天外な発想は、やはりその要人の頭脳が国を動かしているという想いの発露だったのだろう。一九八五年のことである。

当時移植医療は先端医療であった。この移植医療を体験したくて医師になって四年目に米国に渡った。米国では既に移植は日常の医療で、泌尿器科医の私は腎移植がメインであるが、膵臓移植や心臓移植後の患者も診察した。日本で脳死心臓移植がスタートするのは十四年後の一九九九年であったから、心臓移植と言えば、まさに最先端医療。当然大学病院では大勢の医者が腫れ物に触るように群がって診るのだろうと思っていたら、米国では心臓移植後であっても安定期であれば、市中病院でフォローアップをしており、しかもその患者の心臓の筋肉をちょっと齧って拒絶反応がないかチェックするという検査を、泌尿器科医の私に担当しろと言われて驚いた。日本と違って米国は学ぶ機会に対していろいろな壁を作ったりしない。

話は逸れるが、後に私が遺伝性の腎臓病である多発性嚢胞腎の研究をしていて、ヒトの遺伝子異常をネズミで再現したところ、心臓に異常がでることがわかり論文発表した。すぐに翌年の米国の腎臓学会に呼ばれて講演をすることになった。米国の腎臓学会で日本の泌尿器科医が心臓の話をする、というのは日本ではちょっと想像できない光景だが、最前列にハーバードやイエールの教授連中が陣取って熱心にメモを取って聞いてくれた。学ぶことに対して貪欲でかつ学ぶ機会はオープンというのが米国流である。

臓器移植は他人の臓器をいただくことからスタートする。脳死の論議にしろ、そこが問題で臓器提供するために導入された脳死は、本当に不可逆的な死と言えるのかという危惧が入る隙間がある。欧米では自分から敢えて臓器提供を断ることを表明しない限り、交通事故などで脳死になると自動的に臓器の提供者になる。ただし私がいた当時、カソリック信者では、家族が拒否することが多かった。死生観がプロテスタントとカソリックでは異なるのだろう。

米国でブタの心臓をヒトに移植する異種移植が行われたというニュースが飛び込んできた。生き物は自分のカラダと他人を区別することができ、自分の遺伝子と一致しない細胞がカラダに入るといろいろな方法で除去しようとするメカニズムを持っている。病原体に対して自己を護るために働くのが免疫で、これが臓器移植であれば他人の臓器は自分とは違うので、拒絶反応を起こす。この拒絶反応を起こさないため免疫抑制剤が開発されてきた。臓器によっても拒絶反応の程度は異なる。肝臓や心臓の拒絶反応はあまり激烈ではない、一方腎臓や腸は構成している細胞が多く、また免疫細胞が多いため拒絶反応が起きやすい。動物の臓器をヒトに用いるには、ヒト間の移植の免疫抑制を強くするだけでは不十分で、そもそもブタをブタたらしめている、免疫にかかわる分子を減らすか、ヒトのものに変えてしまう必要がある。こういう研究は三十年前から盛んになり、私も研究拠点であるハーバード大学のラボに日本人研究者の山田和彦先生（現・鹿児島大教授）を訪ねたことがある。

今では画期的な遺伝子操作法が開発され、受精卵のブタＤＮＡを自在に改変することができるようになった。この技術により夢物語と考えられたブタのヒト化心臓がついに臨床に応用されたことは感慨深い。もちろんヒトの受精卵に対しての遺伝子操作は世界的に禁止されている。しかし中国ではヒトの受精卵にこの遺伝子操作を行い子供を作ったことが報告され、科学界を震撼させた。

ヒト化したブタの臓器であっても免疫抑制以外にも問題がある。遺伝子には長年蓄積されたブタ固有のウイルスのＤＮＡが入っており、これがいずれヒトに悪さをする可能性が危惧されている。ちなみに人工心臓も開発が続いているが、最近はブレイクスルーがない。

死の瞬間とはいつなのだろうか、まだ決定的な解答はない。心臓が停まってもしばらくの間脳は動いて、記憶も保たれていることがわかっている。移植用のブタ心臓があれば、「直ちに移植を」の発想も荒唐無稽ではない。しかし臓器工場のブタというのも、食肉とは離れて、なんだかかわいそうという気持ちが拭えないのは、やはり心臓を取り出すからだろうか。カズオ・イシグロの『わたしを離さないで』という、臓器移植の提供者として生まれたクローン人間のつらい小説を想い出す。

慎太郎という太陽

僕の頭はいわゆる絶壁である。小学生のときは、どういうわけか「絶壁」がコンプレックスであった。床屋に行くと必ず後ろを刈り上げて前髪を垂らす。祖母は散髪した僕を見ると、いつも「慎太郎に似ている」と喜んでいた。歌舞伎好きの祖母の口ぶりから「慎太郎」なる人はどうやらスターなんだと理解した。石原慎太郎も絶壁である。おまけに目をぱちぱちするチック症があり、同じチック症がある僕は親近感が湧いた。

一度だけ「慎太郎」その人を見たことがある。二〇一一年三月十七日、震災発生後六日経った木曜日の夕方であった。

医療は震災に脆い。被災地には災害医療を専門とするＤＭＡＴが早速派遣され活躍したことは記憶に新しい。ライフラインが破壊されると、医療機器が使えなくなる。人工透析のように医療機器を継続的に必要とする患者はヘリコプターで内陸の基幹病院へ次々に搬送され

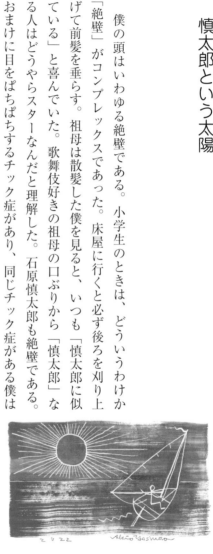

た。腎臓が悪くなると、からだの老廃物を尿から排出できずに毒素が蓄積する。そこで人工透析により、この毒素を除去する。透析は通常一日おきに四時間行われる。透析をせずに四日以上経過すると尿毒症で死に至る可能性が高くなる。

福島県いわき市には当時人工透析のクリニックが四つあった。このうち二つのクリニックは震災後すぐに医療者自身が患者を置いて避難をしてしまい、行き場の無くなった患者は残りの二つのクリニックに殺到したが、透析に必要な水や電気は失われていた。さらに放射能の問題もあり総計五〇〇名余りのいわき市の透析患者をどこかに搬送する必要があった。他県では比較的スムーズに沿岸部から内陸部に搬送されたこともあり、いわき市でも当初は米軍や、県が搬送してくれると期待していたが、震災から五日間経った三月十六日になっても具体的な動きはなかった。

五日間透析ができていないと死亡する危険性が高くなる。クリニックを経営していた理事長先生から、搬送手段と透析を引き受けてくれるクリニックの当てが東京にないか、藁をもつかむような切羽詰まった電話があった。

当時東京都では災害時の透析医療を引き受けるネットワークは既に整っていたので、患者が東京に到着さえすれば透析ができる。しかし誰がどうやって搬送し、また都内のどこに滞在するかが問題であった。たまたま旅行会社に勤務する知り合いのSさんに聞いてみると、震災のためツアーはすべて中止となり、二十数台の観光バスが燃料満タンでそのまま待機していることがわかった。しかし透析に関係する学会の幹部に連絡すると、搬送費用はおろか「走行中に死者が出たらどうするのか、お前責任とれるのか」と学会を巻き込むことに、厳しい叱責を受けた。再度Sさんに相談すると「バス保険がありますよ」と言う。遠足のバス保険でもないよりはましだろうと、彼女の判断に感心しつつ、二十数台の大型観光バスが取り敢えずいわきに向かうことになった。

この間あちらこちらに連絡するうちに、猪瀬直樹副知事にSNSで連絡が取れ、彼から石原都知事に話がつながり、いわきの透析難民のかたがたを東京都が受け入れてくれることになった。翌三月十七日夕方、都庁に到着しバスから降り立った患者たちはまさに着の身着のままで、顔色はこの世の人とも思えぬ土気色であった。

被災患者が集まったホールに、石原都知事が降りてきた。マイクを持った彼はよく徹る声で「皆さん大変ご苦労様でした。東京都が皆さんの命を護ります」と挨拶した。患者たちは声にならない声を漏らし、涙を流していた。この彼の姿に知事と言う行政官でない、強いて言えば王ともいうべき、見たことのないオーラを感じたことをよく覚えている。

震災という非常時であるとはいえ、福島県あるいはいわき市から都に何ら要請があったわけではなかったし、搬送費用や宿泊費用、生活費についても誰が負担すべきかもわからない。

全くの民間の事案ながら、見事な決断であった。都の幹部職員からは、「お前のせいで関係のない仕事をやらされる」と叱られたが、彼らは黙々と患者の名簿作りや宿舎・透析クリニックの割り当てをしてくれた。

石原慎太郎は政治家であり、作家であり、文化人である。彼の政治信条はどうであれ、都民は「慎太郎」が自分たちの王でいることに安堵していたように思う。

ヒーローが出現する小説は、エンターテインメントになる。「慎太郎」であること自体がエンターテインメントであった。政治家としてディーゼル車の排ガス規制や横田基地の制空権の縮小と羽田空港の拡張といった画期的な業績もあったが、僕らは彼に、溜飲が下がるような言動を期待していた。

彼は『生還』という、死の宣告を受けたがん患者が奇跡的に治る小説を書いている。与えられるがん治療を受けるのではなく、すべてを手放して新たな生を得るというテーマは、がん治療を行う医療者から見て、こういう形でがんが治癒することはありえるかもしれないと思わせる内容であり、綿密な取材と人間・社会への深い洞察と思索が感じられる。作家自体がヒーローでは文学は成立しない。むしろ彼自身がヒーローであったがゆえに、エンターテインメントでない「文学」を創作し、心のバランスを保ってきたように感じている。彼がこの小説を、政治家として最も忙しく、脂ののった時期に書いていることに驚いた。想像だが彼は利害関係者との調整やら、政治家の権力闘争には興味がなかったのではないだろうか。またそこに都民はある種の安心と誇りを持ち、彼に寛容であった気がする。

「慎太郎」はいわば日本のＪＦＫであった。ＪＦＫと慎太郎で共通するものはヨットと文学、そして政治であろう。ナンタケットと湘南。ピュリッツァー賞と芥川賞。海と太陽はいつも人を朗らかにする。ロマンがある。晩年まで、逗子マリーナの一番海に近いところに慎太郎の船が繋がれていた。

　夢かよふ椰子の渚や春の凪（水原秋櫻子）

彼は晩年、大臣経験者が貰う大きな勲章を授与された。しかし「慎太郎」には文化勲章こそふさわしかったのではないか。

ウクライナの春

たっぷりと／春は／小さな川々まで／あふれてゐる（山村暮鳥）

「たっぷりと」という言葉の温かさ、豊かさ。四季があり、水資源に恵まれた国に生きていることのありがたさを感じる。

クリスチャンであった暮鳥は「いちめんのなのはな」という言葉が何回も効果的に繰り返される、菜の花畑を詠った詩も書いている。青天の下の一面の菜の花畑はウクライナの国旗を思い起こさせる。この豊かなウクライナに隣国のロシアが攻め込んだ。胸の痛むニュースが日々続いている。

ウクライナと言う国はヨーロッパの東の端と言うイメージがあった。ツルゲーネフやトルストイの小説を読むと、帝政ロシアとヨーロッパ各国がいかに近い関係にあったかに驚かされる。キエフはウィーンと同じく芸術の都である。モスクワが東京ならキエフは京都と言う人もいる。キエフ大公国という強力な国家がウクライナのアイデンティティを形づくった。しかし、モンゴル帝国の侵攻により領土が破壊され、その後さまざまな国によって支配され、

分割されたのちに、ソ連が崩壊して、ようやくウクライナは独立した。ソ連はアメリカに対抗して核兵器を所有していたので、独立時のウクライナは、世界第三位の核兵器保有国であった。この核兵器と軍備は西側諸国の圧力で放棄するに至る。その代償としてウクライナは一九九〇年に中立国となり、安全が保障されるという議定書がアメリカ、イギリス、ロシアと交わされている。しかし東欧諸国がＥＵに加わるとともにウクライナもＥＵとの結びつきを深めてきた。ロシアとウクライナは兄弟といっても頼朝と義経のようにややこしい関係のようだ。骨肉の争いと言うように、兄弟の気持ちの行き違いはなかなか他人にはわからないし、こじれると修復が難しい。

太古よりホモ・サピエンスは戦争する生き物である。二十万年前に出現して以来、他の原生人類との戦いに打ち勝って唯一のヒト属となった。戦うという行動は残念ながらわれわれのＤＮＡにしっかり刻印されている。ヒトに本来存在する好戦的な傾向はおそらくこの数千年程度の時間では変わっていないだろう。アテナイとスパルタが紀元前五世紀に制海権を争って一七年もの間戦ったペロポネソス戦争において、強国アテナイが小国のメロス島国を包囲し、殲滅するに至る外交交渉の仔細が、テゥキュディデスの『戦史』（中公クラシックス）に書かれている。メロスはスパルタの植民都市であり、アテナイに服従せずに中立を維持していたが、アテナイが味方につくよう強要したことにより敵側に回ったため包囲戦が起こった。アテナイの将軍たちは降伏と服従を求めるべく交渉のための使節を送ったが、スパルタからの救援を信じたメロス人はアテナイ側の要求を拒否し、抗戦を決めた。

少し長いがメロス島へのアテナイ海軍の攻撃に先立つメロス側代表とアテナイの使節の間の対話を引用したい‥メロス「われらを敵でなく味方とみなし、平和と中立を維持させる、という条件は受け入れてもらえないものであろうか。」アテナイ「諸君から憎悪を買っても、われらはさしたる痛痒を感じないが、逆に諸君からの好意がわれらの弱体を意味すると属領諸国に思われてはそれこそ迷惑、憎悪されてこそ強力な支配者としての示しがつく。戦いの結果が明白に予知されるような危機に立った時、人間にとってもっとも警戒すべきは安易なおのれの名誉感に訴えることだ。」メロス「諸君が正邪を度外視し、得失の尺度をもって判断の基準とするのであれば、諸君の没落は必ずや諸国挙げての報復を招き、諸君が後世への見せしめにされる日もやがては来よう。」アテナイ「支配の座から落ちる日がくるものなら、きてもよい。われらはその終りを思い恐れるものではない。」

はたして、この二六〇〇年間にわれわれは意思決定や問題解決能力について進歩をしているのだろうか？　ユヴァル・ノア・ハラリは『ホモ・デウス テクノロジーとサピエンスの未来』（河出書房新社）で飢餓・疫病・戦争の三つを克服した人類が次に解決しようとする課題は、人間至上主義の完全なる達成のための不死と幸福であり、ＡＩ（人工知能）を駆使した人類は最終的にはホモ・デウス（神）となると予言している。しかしコロナ禍への対応そして今回の戦争を見てみると、ホモ・サピエンスは、依然ホモ・デウスには程遠い。

マイク・マーティンという、英国陸軍士官としてアフガニスタンに駐留したのちに、ロンドン大学で国際紛争の研究生活に入ったユニークな学者がいる。彼の著書『Why We Fight』には戦争は必ずしも二国間の諍いが直接の原因ではなく、むしろ戦争を仕掛ける国での、国民の帰属意識の希薄化、不平等感、組織秩序の破壊、国際的なステータスの低下といった問題が戦争を起こす心理的な誘因となると述べている。グーテンベルグの印刷機の発明により、聖書が限られた聖職者から大衆のものになって、カソリックとプロテスタントの宗教戦争につながったと言われている。インターネットによる情報革命は世界をつなぐと同時に、富の偏在と不平等が可視化され、強い不満を持つ人が多くなった。

ロシアがなぜ今暴挙に及んだかは、識者が毎日解説している問題以前に人間心理が根っこにあるように思われる。高齢者の多くが、旧ソ連時代に郷愁を覚えているという。貧しくとも平等で帰属する組織が存在した時代。世界の大国であった誇りを回復するためには、一族郎党が一致団結しなければいけない。よりによって弟が一族をないがしろにすることは断じて許せないという感情がロシアに存在するかもしれない。

さらに戦争は平和時に起こる資本の蓄積を破壊するため、富の偏在が減少し皮肉なことに国民の不平等感を和らげるとマーティンは言う。しかし高まる熱量をなぜ話し合いで冷ますことができないのか。ＡＩはヒトの感情を超克できないのか？　アテナイは結局スパルタに敗れ、衰えていった。

重要なことは女性は古来より武器を取って戦うことをしないということだ。世界平和は、結局は女性が為政者になることが唯一の解であろう。

ウクライナにも春が来ることをただ願うのみである。

食べない食事

風が薫る日々。日本にいる恩寵を最も感じる季節だ。

用水路には勢いよく水が流れ、水を張った田んぼには蛙が鳴いている。里山は緑が眩しい。小学校へ行く道すがら、田の畔に生えている「すかんぽ」を抜いて、酸っぱい茎の味を楽しんだことを思い出す。すかんぽは、酸模と書く。農家では塩漬けにしてお茶うけにしたり、砂糖をまぶして子供のおやつにもする。酸模の茎を折ると酸っぱい透明な液がにじんでくるのでちゅうちゅうと吸う。酸模とよく似た雑草があり、こいつは折ると白い液が出て、うっかり口に放り込むと苦くてまずい。

桑の実も五月から熟れだす。桑の木は実生でどこにでも生える強い樹だ。学校から帰ると、大きな桑の木に登り木の股にからだを預けて、濃い紫色の桑の実を手の届く範囲手当たり次第に口に入れる。桑の実はかすかな甘みと酸っぱみがやさしいので食べ飽きない。終いには手はすっかり紫色になり、服についた染みは洗っても落ちないので母に怒られる。

枇杷も五月になると待ち遠しい。家には何本も枇杷の木があった。枇杷の優しい甘みと酸っぱさ、それに微かな土臭さは果物の王様と思っている。枇杷は中国原産、華僑の海外進出に伴い、五大陸すべてに植生している。ポルトガルのリスボンの高みにあるサン・ジョルジェ城はムーア人が築いた。城壁から街を見下ろすと家々に枇杷の木があり、実がたわわになっている。城の麓に広がる旧市街のアルファマ（アラビア語で泉という意味）の白壁の路地を歩いていくと、小さな八百屋にこの枇杷が売られていた。選果していないのだろう、小ぶりの枇杷を一皿求めて、皮をむきむき口にほおばり、種を吐き出して坂を上っていくと、幼い味覚の記憶から、ふと今自分がどこにいるのか不思議になる。

果物は本来酸っぱいものだと思う。果物にある微かな甘みを商品化するうちに、どれも甘味が強く酸っぱさが少ない品種へと改良されていった。日本のメロンやマンゴーのおいしさに外国人は驚く。ただ過ぎたるは猶及ばざるが如しで、果物の糖分を取り過ぎると中性脂肪や尿酸が増えてしまうという皮肉なことになった。幼いころ飽きるまで桑の実や枇杷の実を食べることができたのも、土着の樹ゆえだったからだろう。

現代では「微かな」味覚は、強い個性を主張するブランド化した食材の前に無力になった。日々氾濫する食の情報は、栄養成分を強調し、ご利益のご託宣に忙しい。一方で「産業化」した食品は、安全で、外れがないことに忠実なあまり眩暈がしそうなほどの添加物が入っている。こんな食と健康の狂騒曲の世界の中では、ケーキ一つ食べるのにも、なにがしかの罪悪感を感じてしまう。どちらを食べるか迷うあまり、餓死したビュリダンのロバを笑えない。

医学の世界では、「食べない」選択が実は健康によいことが明らかになってきている。

食事と食事の間をあける、あるいは食事をスキップする断食を英語でファストという。朝食はこの断食を破ることからブレイクファストと呼ばれている。夕食から次の日の夕食まで食べないと二十四時間のファスティングになる。イスラム教のラマダンは夜明けから日没までだから十二時間食べ物を摂らないファスティングである。キリスト教、ユダヤ教や仏教でもファスティングは重要な修行のイベントとなっている。

ヒトの場合、水分と塩分を補給すれば食事を摂らずにひと月は過ごすことができる。ファスティングをすると、エネルギー源となる食べ物が入ってこないため、肝臓に蓄えてあるグリコーゲンが分解されていく。グリコーゲンが少なくなると今度はからだの脂肪が分解されてエネルギー源として使われるようになる。運動したところでなかなか体重は減らないが、ファスティングでは体脂肪が文字通り溶けていき体重が減るので、カラダを流れる血管の総距離が減って血圧も低くなる。また糖分を代謝するインスリンの分泌が減って糖尿病が改善する。

二〇一六年にノーベル医学生理学賞を受賞した大隅良典さんが発見したオートファジーと

言う現象がファスティングによって起こる。外部からの栄養補給を絶たれた細胞が自分の細胞の成分を消化して、再生するメカニズムである。腸の細胞は新しく再生され、腸内細菌も体の免疫力を高めるように働く。驚くべきことに抗がん剤の治療を受けている人でも薬の副作用が減り、治療効果が高まることが報告されている。

この、ただ食べないこと、がもたらすメリットが大きいことに衝撃を受けている。細胞の老化を遅くするアンチエイジング効果も確かめられている。例えば肌がすべすべになる。そして何より集中力が増す。そうしてみると、宗教家のファスティングは、誘惑を退けるための修行というよりも、心とカラダを最適化して脳を働かせる方式を編み出していたのかもしれない。

私も仲間とともに、まずは三十六時間のファスティングをしてみた。

空腹を紛らわせるため、お茶やコーヒー、カフェインを含まない月桃茶やマテ茶、ナタマメ茶など水分を多めに取る。また鶏がらスープや、ハマグリの出汁で塩分を補う。そうしてみると意外なほど空腹感がなく、疲れもなく、ウォーキングやヨガを楽しむことができた。「ブレイクファスト」後は味覚が繊細になったのか、ワインがとてもおいしい。一方食べ物の味を濃く感じ、なんでも薄味でちょうどよくなる。「微かな」味覚に敏感になる。女性のメンバーは便通が良くなったという。

驚いたことにファスティング後の数日は四十歳頃の自分に戻ったように快活になり、仕事へのテンションが高くなった。ファスティングは、体調だけでなく果たして遺伝子も若返らせる効果があるのか、今研究を始めている。何よりファスティングは、とりあえずお腹に何か入れとかないと、という執着を手放すことができる気がする。

狩猟採集時代に戻るような、食事する機会を選ぶファスティングの効果はこれからさらに解明されていくだろう。とは言うものの仕事の合間にコンビニに飛び込む日常では、毎度乳酸菌入りのパンか、もち麦入りのおにぎりかで、ロバになってしまっている自分が愚かしい。

送る言葉

小田原に着いたら、さあっと小糠雨が降ってきた。聖公会の教会は国道一号線から海のほうへ少し入ったところの南町にある。一八八七年（明治二十）に新橋・国府津間の鉄道が開通すると、風光明媚で温暖な小田原は別荘地として注目を集め、一九二三年（大正十二）の関東大震災に遭うまで別荘全盛時代となったとある。南町には伊藤博文の滄浪閣があり、隣町には、山縣有朋の古稀庵があった。さらに榎本武揚、松永安左エ門、長谷川如是閑、益田孝、大倉喜八郎らの別荘があったという。

聖公会教会は関東大震災の後、一九二七年（昭和二）一月十二日に現在の木造の礼拝堂がつくられた。聖公会では、教会が建築されることを聖別という。古い赤の庇と観音開きの扉の教会のファサードが来館者を迎えてくれる。

靴を脱いで会堂に入ると、奥には小さなドームと祭壇があり、既にトレードマークの、蝶ネクタイに白衣の恩師の遺影が飾られていた。ほどなくしてご家族とともに先生の棺が運ば

れてきた。恩師、熊本悦明先生は一九二九年（昭和四）生まれ、父と同じ年の生まれであった。棺の中の先生も蝶ネクタイをして、これもまたトレードマークのトルストイのような見事な髭を蓄えておられた。

オルガンの演奏とともに会葬が始まった。初老の牧師が、香油や香炉の煙を棺の周りにかける。ややぎこちない仕草から不思議なことに棺を敬う気持ちが伝わってくる。聖書から抜粋された式文を牧師と会衆が代わるがわる朗読し、讃美歌を歌う。牧師の説教が始まる。「九十二年の生涯の中で熊本先生は男性医学の確立にその人生をかけ、亡くなる直前まで患者さんを診察し、活力が減って苦しむ男性を励ましてきました。私自身体調が悪い時に熊本先生に相談し、体調を回復することができ大変感謝しております。

先生は奥様が亡くなられた三年前のクリスマスイブにこの教会を初めて訪れ、ミサの席に座られました。先生は信者ではありませんでしたが、折に触れて礼拝に参加されていました。医者は病気を治すのが仕事ですが、病気でない人は医者との交わりはありません。熊本先生は病気があるないに関わらず、男性に広く手を差し伸べてこられました。

キリスト教も、熊本先生とおなじように人生に躓いたときに、今、手を差し伸べる存在です。天国へ旅立たれた熊本先生は復活して奥様と再会されているでしょう。」わかりやすく心に響く言葉であった。

要するに死は神のそばに近づいた故人を祝福するものであり、キリストの教えは人生の今を救うということであった。熊本先生は「男性のからだを研究する」ために泌尿器科医になり、「男性のやる気を出すエンジンオイル」である男性ホルモンの作用を明らかにして、男性医学の父と呼ばれている。熊本先生と偶さか出会った私は、先生に私淑し、同じ道を歩んでいる。

熊本先生に限らず私の周りでも、高齢になってキリスト教に興味を持ったり、洗礼を受ける男性が多い。キリスト教は、人生を概ね経験した男性の何を埋めてくれるのであろうか？出張の眠れない夜にホテル備え付けの聖書を読むことがある。解釈はさておき、口語訳はとりあえず理解できる。文字で伝えられた奇跡、犠牲、そして復活の物語がある。グーテンベルグが活版印刷を発明して、聖書が現地語で読めるようになったときに宗教改革が始まったと言われている。

昔お墓参りの時に、父がお坊さんに「お経のありがたいところを詠んでください」とお願いしていたのを思い出す。お経は、僧侶が神あるいはブッダと交信する手段であるが、一般人には呪文、あるいは調べだろう。仏教の葬式では、般若心経が読まれることが多い。「色即是空、空即是色」で知られる般若心経はブッダの教えの真髄とされ、観世音菩薩が涅槃に達するための智慧とされているが、現代語訳されてもなかなか意味が分からない。ベトナム出身の禅師で詩人にして平和活動家であったティク・ナット・ハン師は、「ものごとは全てが縁でつながりかつ、どれひとつ独立したものはなく、その中で執着を手放し自由になることで涅槃を経験できる」、とわかりやすく解説している。(『ティク・ナット・ハンの般若心経』野草社)しかしその境地に至るにはあくまでも自己努力を要する。

秋田の伯母が九十九歳で亡くなったときは浄土真宗のお葬式であった。浄土真宗では「白骨の御文《おふみ》」が朗読される。「御文」は蓮如が真宗の教えをわかりやすく信者に伝えるために口語文で書き示した手紙である。「白骨の御文」には「朝には紅顔あって夕には白骨となれる身なり」と言う一節がある。絶唱と言ってよい言葉だ。現代でも、コロナ禍や戦争で思いがけず命を亡くされた方がある。死がもっと身近で頻繁であったときには強い共感を呼ぶ言葉であっただろう。何より口語でかかれているのでわかりやすい。

「親鸞」を著した五木寛之さんとお話をする機会があった。妻帯肉食をした親鸞は九十歳まで生きている。男性ホルモンが横溢したエネルギー溢れる人間であっただろうと、意気投合した。親鸞は師法然の、努力なしで念仏を唱えるだけで極楽浄土に行けるという教えを在野に広めた。努力が要らないということは、例えば医師免許なしで医療を行ってもよいということと同じようなものだろう。当時激しい反発を生んだことは想像に難くない。

『出家とその弟子』(倉田百三)は親鸞とその弟子唯円の物語である。その中で作者は晩年の親鸞に、「わたしのさびしさはもう何者でも癒されないさびしさだ」「さびしさを抱きしめて生きていかねばならぬ」と言わせている。人生おのずから四時あり、と吉田松陰は言っている。（留魂録）生きていくことで生まれるさびしさがあるのなら、努力をし続けてきた人生の、春夏秋冬の冬にさびしさを感じる時に、殊更キリストは自分に近づいてくるのかもしれない。「神は我々と共におられる」（マタイ福音書　一・二三）を前田万葉さんが月刊「かまくら春秋」の連載で紹介されている。

熊本先生は晩年、ホルモンで女性を元気にすることにも力を注いできた。ヒトを元気にする、そのただ一つのことを生涯全うした先生は憶えられ、讃えられていくことで復活する。

君は彦星の楫の音が聞こえるか？

コロナ禍以前は七夕というと笹飾りを病棟のラウンジにおいて、患者さんが思い思い短冊に願い事を書いたりしたものであった。歌人の河野裕子が、『うたの歳時記』（白水社）で万葉集の七夕の歌を紹介している。

天の河霧立ち渡り彦星の楫の音聞ゆ夜の更けゆかば

（よみ人知らず）

夜空を見上げて彦星の漕ぐ楫の音を聞いた万葉歌人の感受性には、驚くしかない。七夕は奈良時代に中国の五節句の一つとして伝わったと言われている。ロマンチックな設定ゆえか万葉集には一三〇首を越える七夕に関連した歌があるという。彦星はわし座のアルタイル、織姫星はこと座のベガ、共に一等星で天空で最も明るい。七月七日の真夜中には、ほぼ頭上に天の川をはさんで二つの星を見ることができる。尤も旧暦での話なので、七夕は秋の季語になる。ほかに明るい星として注目されるものに昴がある。昴は数百個の星が集

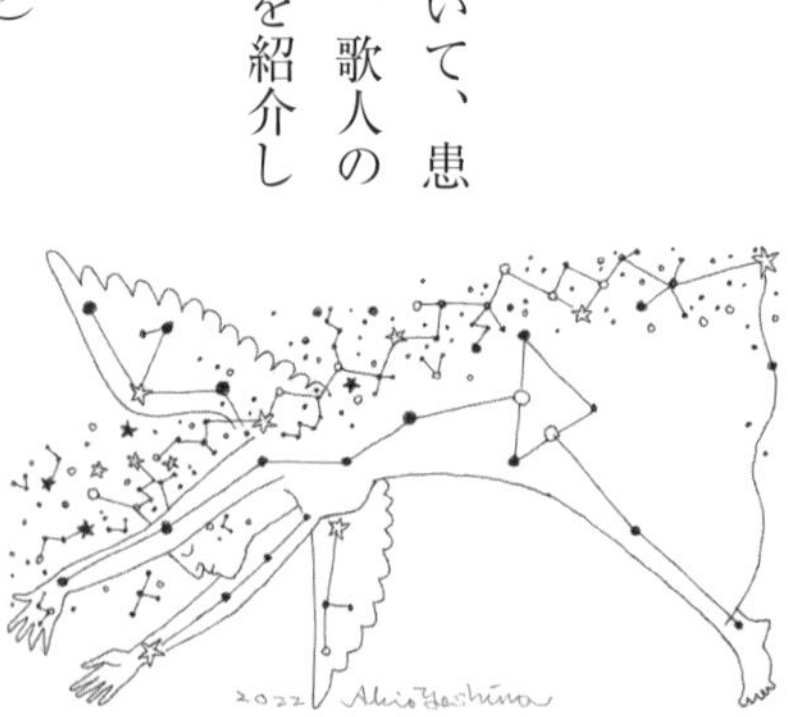

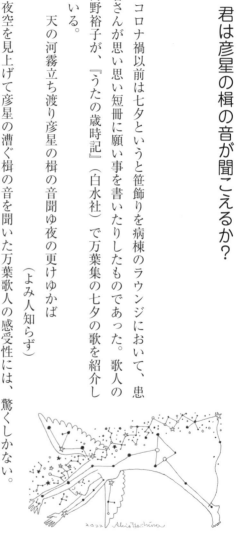

まった星団で、眼がいい人だと十個近い星が見えるらしい。枕草子には「星は昴　彦星　太白星　よばい星少しをかし」とある。ちなみに太白星は宵の明星である金星で、よばい星は流れ星のこと。「よばい」は「呼ばふ」、夫が妻の下に通う妻問婚から来ているのだろうが、夜這いというと、なんだかおかしい。

中国では、天空を方角で分けて、一つ一つの星にキャラクターを持たせたが、西洋の星座は、いくつかの星を繋げたイメージを共有して神話を投影した。一万六五〇〇年ほど前、氷河期に描かれたラスコー洞窟（フランス）の壁画に、アルタイルとベガ、そしてはくちょう座のデネブの「夏の大三角」と思われる明るい三の星の並びと、昴と思われる星の並びが描かれているのが発見されている。ドイツ・ミュンヘン大学のラッペングルック博士によると、壁画に描かれている「ベガ」「デネブ」「アルタイル」は「牛の目」「鳥人間」「棒の上の鳥」をそれぞれイメージしていると言う。後の星座のように、無秩序な星のつながりに造形を見る原型が既にあったのかもしれない。

星と言う、点から星座である立体を想起することの反対に、からだの動きのような三次元の複雑な事象を、いくつかの点で表わして、動作の特徴を捉える解析（モーションキャプチャ）が人工知能（ＡＩ）を用いて行われている。関節など人体の動作の特徴となる部位の位置と動きを画像やセンサーで記録し、さまざまな特徴を持つ人の映像を大量に用意して、

ＡＩで学習させることで、からだの姿勢を自動的に推定する。今、ユーチューブにはアニメのような仮想的（バーチャル）なタレントが動画に多数登場しているが、生身の人間（おじさんでも構わない）が踊る動作を録画して、ＡＩにより、かわいい女の子が踊る姿を構成している。ＡＩはちょっと前までは、犬と猫の画像を見分けることでさえもなかなか難しかったのに、最近では囲碁や将棋の世界では次の一手を予想し、勝ち負けも予測することができる。あおり運転の事件をきっかけに普及しているドライビング・レコーダーでは、位置情報と危険な運転操作のデーターの集積から、事前に運転者に警告を出すこともできる。凡そ全ての産業においてＡＩが活用されていると言って過言ではない。

医療においてはＡＩはどの程度活用されているのだろうか？　最近の医療過誤では、手術に失敗した、間違った診断をしたというよりも病気に気が付かなかった、といういわゆる見逃しの案件が多い。医師は初めて出会う患者には、症状や検査値の原因をあれこれ考えるものの、治療が曲がりなりにもスタートし人間関係が構築されて顔見知りになると、新しい事柄が起こっていても気が付きにくい、一種の認識バイアスに陥りやすい。ＡＩはこの慣れによる認識バイアスがないことがメリットであり、患者の訴えや検査値から絶えず新しい診断の可能性を呈示できる。レントゲンなど画像診断もＡＩは既にヒトよりも正確である。「そこにあるものに気が付かずに見落とした」というよりも、病変が小さいので、「癌というほどでないだろう」が、時間をおいて再度撮影していくうちにはっきり癌と認識できたということがある。ＡＩではその認識がヒトより早くできる可能性があり、結果として早期治療につながる。手術でも、同じように行ったのに最終的な結果が良好な場合とそうでない場合がある。これもＡＩで解析すると気づかない思いがけない関連性が手技のひとつであったり、術後のデーターから見えてくるかもしれない。これまで外科医の暗黙知ともいうべき、意識に上らないような判断がＡＩによりだれにでも共有できるようになるであろう。

われわれは普段は意識せずに呼吸し、心臓の鼓動も聞こえない。逆に呼吸を意識しているときや動悸を感じる時は何かしらの異常があるときと言ってもよい。

心臓の鼓動の間隔には揺らぎがあって、面白いことにリラックスすると、鼓動の間隔はまちまちになる。一方緊張してくると一定の間隔で鼓動が起こる。つまり規則正しく心臓が拍動しているときはむしろ病的ということになる。この心拍の間隔の揺らぎ（心拍変動）はアップルウオッチなど身に着ける計器で測ることができる。併せて体温、運動量、睡眠深度などのからだの指標と、気温、湿度、気圧などの環境の測定値、それに脳梗塞などの病気の発症頻度を多くの人で記録し、膨大なデーターをＡＩで解析することにより、脳血管障害などの発症を予知することができるようになるかもしれない。そうするとドライビング・レコードと同じように、無意識に起こる微かなからだの異常を検知して、事前に通知できるようになる。

日常生活でからだが発する情報を記録することをパーソナル・ヘルス・レコード、略してPHRという。PHRの普及によって救急医療を要する事態が減っていくことが期待される。

AIがヒトの知能を超える時がいずれ来ると想像されている。はたしてAIは彦星を見て楫の音が聞こえるだろうか？　星を見てヒトや動物を想うことに匹敵する発明を、AIがいつ創造できるのか。楽しみでもあり、怖い気もする。

八月の混沌

八月が来ると一年の進みの速さに驚く。終戦記念日は昭和生まれには特別な日である。自分より年配の患者さんには、その日に外来の予約を取ることに、まだためらいがある。どうしてもという場合は、敢えて差し支えないか丁寧に訊く。反面、会議もなく、医師も交代で休みを取るので、開放感もある。

研修医が見学に来るのも八月が多い。医学部を卒業して国家試験に合格すると二年間は研修医として、様々な診療科をローテーションして、その後に自分の専門科に進む。医療は実地で体得していく、オン・ザ・ジョブ　トレーニングなので、そもそも自分の価値観にあった働き方ができるか、あるいはフィーリングの合う先輩がいそうなところかどうかを確かめに、目をつけた病院に見学に行く。企業での就活が何週間もかかって慎重に採用を決めていくのと違い、今のところ医療では「来るものは拒まず」としてまずマンパワーを確保することが至上命題となっている。そういうわけで「今日は見学者がいま

していない。

す」という日は、診療会議であまりガミガミ言わないように「よそいき」の顔でおとなしくしている。

医者でも内科医、外科医は全く性格が違う。よく言うジョークに「内科医は何でも知っているが何もできない。外科医は何でもやるが何も知らない。」というのがある。そもそも内科医と外科医では時間の感覚が違う。外科医は分や時間単位で行動するのに対し、内科医は週単位で患者の容態を考えるので、話がなかなか噛み合わない。泌尿器科医は外科医の部分と内科医の部分があり、よくバランスが取れていると他科の医師からは評価されるが、コウモリ的かもしれない。もっともこのジョークには続きがあって、「病理医は何でも知っているし何でもできる、しかし遅すぎる」という落ちがつく。臓器の病変を直視して、診断の最終決定をする病理医は、内科医・外科医の諍いを超越したところにあり、ほぼ常に正しい。この「正しさ」は時を超え、また臨床医の思惑をも超越する。山崎豊子の『白い巨塔』（新潮文庫）でも病理学の大河内教授は公正厳格な人間として描かれている。

かつて、昭和天皇が手術を受けたときに、何の病気なのか、また悪性か、良性なのかといった情報を求めて、診断をする立場にあった大学の病理学の教授室には新聞記者はじめ多くのメディアがおしかけた。そこで病理診断を行った教授は「この標本は美しい」という意味のフランス語を教授室に貼りだしたという。貼り紙を見た記者たちはフランス語の辞書を引いて、どうやら「美しい」ということは「良性」なのだろうと判断したらしいが、おそらくこの教授は、腫瘍細胞が勢いよく、自由放埒に増殖しているさまを「美しい」と表現したのだろう。「がん」は憎いものであるが、顕微鏡の下のがん細胞は、まるで夏雲の下に広がる草原のごとく強く美しく見えることがある。いささかペダンチックな対応ともいえるかもしれないが、うるさい新聞記者を煙に巻くという意味では秀逸であった。

入院患者が亡くなると、病理解剖（剖検）を行うことがある。死亡の原因がわからなかったか、あるいは病気の進行に疑問があるときに、剖検を行いたい旨をご遺族にお話しして許可を得る。病気の最終形を細部まで詳しく確認して、病気の進行の様式や治療の有効性を判断する。

昔は剖検数が高い病院は、診療レベルが高い病院だとされており、また心のこもった医療をしていれば、ご遺族も剖検の許可をしてくださるものだと言われていた。しかし病に苦しみ薬石の効なく亡くなったのに解剖などとんでもない、というのがご遺族のごく普通の感情であろう。通り一遍のお願いではなかなか許可はもらえない。先輩の中には、この剖検の許可を家族から戴くのがうまい人がいて、ある時同行して聞いてみると、「ご病気をおなかにそのままにして成仏されるのは患者さんの御本意ではないでしょう。あらためて私どもで、臓器を取り出しておなかの中をすっかりきれいにさせていただけないでしょうか」と話していた。この先生は患者から大層人気があり、「コレデオシマイ」というハンコを作り、外来で治療が終わった患者の手のひらにポンと押して喜ばれていた。

一つの疾患がどのような進行を辿り、からだの各々の臓器がどう応答していたかを知ることが病理学の基本である。しかし個々の臓器の解析をすることが必ずしも病気の全体像を知ることにならないこともある。荘子の「混沌」の逸話ではないが、分析することでかえって物の本質を見失うことがある。新型コロナウイルスであれば変異型は次々に出てくる。しかし本質はウイルスに強い生命力をどう得たらよいのか、ではないだろうか。

解剖というと、医学生の解剖実習が頭に浮かぶ方もおられるだろう。解剖実習は、生前に医学教育のためご自身のからだを死後に提供することを申し出ていただいた篤志家の献体で行う。医学生にとっては、医師という専門職になる通過儀礼であり、かなりの緊張も伴う実習である。解剖という行為そのものは、人格ある人間を、臓器の集合体であるヒトとみなし、ヒトを診療するという恐ろしい行為に慣れさせるためのトレーニングではないかと思われる向きもあろう。実際はもの言わぬ献体と半年近く毎日実習を行ううちに、一身をなげうって、われわれに医学を学ばせていただいている献体への感謝と親近感が湧いて来たことを想い出した。毎日の実習は解剖書の手順に従い、大きな臓器のみならず細かい神経や血管まで丹念に見つけ辿ることであるが、その丁寧な積み重ねが、人格ある人間に接する第一歩になった。

入道雲を見ながら、自分にも夏の過剰なエネルギーがあった日々を懐かしく振り返る。混沌は自分をどこへ連れて来たのだろう。

三島由紀夫『豊饒の海』（新潮社）の最終章、奈良にある月修寺の「明るくひらいた」庭は蝉の声のほかは「何一つ音とてなく」、「夏の日ざかりの日を浴びてしんとしている。……」とある。混沌が砕けてできた記憶が最期にまた一つになって陽の光のようにただ眩しいものになる。八月はタナトスを想う月でもある。

リスボン推し

リスボンはベネチアやイスタンブールと似て、水上からパノラマのように街を見渡すことができる。大西洋に注ぐテージョ川を背にして右にはサン＝ジョルジュ城が聳える急なアルファマの丘、中央に広場、左は急な崖の上に、建物が遠くまで連なっている。船着き場から、急な石畳の坂を上がっていくと、あたかも神楽坂のように、飲食店や民謡（ファド）を流す店がひしめくバイロ・アルトに出る。路地を振り返るとテージョ川が見える。シアードと呼ばれる商店街近くの、広場に面した古いホテルに宿をとった。ホテルの屋根のないテラスに上がると、イスタンブールのボスポラス海峡に似たテージョ川を望むことができる。湿度が低いので、空の青が濃い。大西洋に陽が落ちる頃のこの景色が見たくて三年ぶりにリスボンを訪れた。ちなみにポルトガルではリシュボアと言う。

リスボンは丘と坂の町だ。急な崖に展望台がいくつもあり、いずれもテージョ川を望むこ

とができる。石畳は四角い石が敷き詰められている。石と石の間には隙間があり、石の摩耗もばらばらで、歩行者に優しい道ではない。この舗道を歩きこなすには、草鞋や足袋のような植物繊維でなくしっかりとした革靴が要る。坂の途中に広場があり、大きな樹が枝を拡げて木陰を作り、読書したり会話を楽しむ人がいる。樹の種類は様々だが、どれもなんとも包容力があり、傍に行きたくなる。村の鎮守のご神木は八百万の神の一つであっても、寄り添う対象ではない。人が集う樹があるのは羨ましい。

世界に名だたる美術館の多くは個人のコレクションから出発している。大英博物館しかりルーブルしかりである。しかし今なお純粋な個人のコレクションの博物館で世界一、二と言えばリスボンのグルベンキアン博物館であろう。石油で莫大な財産を築いたアルメニア人のカルースト・グルベンキアンが、第二次世界大戦の戦火が及ばなかったポルトガルで余生を送ったことから、彼が世界中で収集した約六〇〇〇点に上る美術品がリスボンに遺った。

毎回リスボンに来ると、博物館のガラスに張り付いて、お宝に涎を流している。中でも古代エジプトの金貨のコレクションが印象的だ。世界最古のコインと言われている紀元前六世紀のリディア金貨の今なお失われない金の輝きと刻印された見事なデザイン！　イズミールの見事な大皿の群青色に再会できるのも嬉しい。宋、明朝、清の陶磁器に疲れると、印象派前のコローの風景画が癒してくれる。もちろんレンブラントも、印象派もコレクションされている。これだけひたすらに世界中の美を遍く集めた人間はおそらくいないのではないだろうか?

ポルトガルは、バスコ・ダ・ガマが喜望峰を回るインドへの航路を発見して大航海時代の先鞭をつけた輝かしい歴史を持っている。インドとの香辛料の交易をイスラムやベネチア商人から奪い、またマカオやブラジル、アフリカに植民地を得て一度は世界の中心となった。しかしその後は成長に取り残された日の沈む国というイメージがあるかもしれない。

確かに、領土抗争による疲弊や一八世紀の大地震と大津波でリスボンが徹底的に破壊されて大航海時代の富が消失したことは国力の低下につながった。物価が安い、開発が遅れている観光地というのがリスボンの固定したイメージであったが、わずか三年ばかりのうちに大きな変化が起きている。特筆すべきは、世界の若い起業家(スタート・アップ)がリスボンに集まってきていることだ。生活コストが安いことに加えて、税制も優遇されている。Wi-Fiさえあれば気候が良く食もおいしいところがいいに決まっている。移民が比較的容易でもあるのでインドはじめアジアの若者も集まっている。

グローバル化を視野に入れた現地教育も功を奏しているかもしれない。世界で英語を母国語としない国での英語の通じやすさのランキングがある。世界一はオランダで、ポルトガルはなんと七位と健闘している。翻って見るに、外国から若者が来ない、英語を話さない国の将来は昏い。

若者が集う場所はカフェも進化する。これまでは暗い伝統的なカフェが多かったが、東京でも日本橋の浜町にあるような、明るく開放型で、豆にこだわったカフェが増えていた。こういうところには、デザイン・アートに敏感な若者が集う。事実リスボンにはアーティストが増えて、かつての骨董店は現代アートの画廊に替わっている。

リスボンは食の街でもある。ポルトガルはヨーロッパの中でも魚介の消費量が多い。特筆すべきは鱈の身を塩漬けして乾燥したバカリャウだろう。鱈はポルトガル近海では獲れないので、専ら遠洋漁業でわざわざ鱈を漁獲してくる。ポルトガル料理の不思議は、塩で真っ白になった棒鱈よろしくカチカチのバカリャウを上手に戻す技術で、ジャガイモや卵と煮込むと、新鮮な真鱈に劣らず身に水分と弾力があり、これが塩漬けとは到底思えない。ポルトガルの人はバカリャウを毎日食べるため、一年三六五日分の調理法があると言われている。鰯も有名で、オリーブオイルを塗ってグリルした鰯は日本のメザシに劣らず美味しい。この鰯を内陸部で売るためにはじまった缶詰は今でも重要な食材となっている。

大きなスーパーにはずらりと缶詰が並んでいる。なにより缶詰のデザインが美しい。現地の人に聞くとデザインの良さと味は必ずしも一致しないというが、おしゃれなデザイン、手軽な価格、日持ちがする、の三拍子が揃って、缶詰は今やポルトガル土産の代表選手となっている。鱈、鯖、鰯、鮪が四天王で、特にピリ辛味のオイル漬けは、ワインのつまみにこたえられない。ちなみにピリピリという言葉はポルトガル語である。ポルトガルのワインはフランスのように気取っていないが、安くてもはずれがない。ゆっくり寛ぐにはアルコール度数が高い、ポートワインが最高だ。

ホテルの古びた背の高い椅子に包まるように座って、ポートを舐めながら、ジョン・ル・カレのサスペンスを読んでいると、からだに溜まった澱やら垢やらが溶けてなくなっていく。スパイ小説「ロシア・ハウス」はリスボンが舞台として登場する。ショーン・コネリーとミシェル・ファイファーを主人公に映画化もされている。リスボンのショーン・コネリーは007とはまた違って、カッコいい。

ようこそ日本へ

映画監督のゴダールが亡くなった。九十歳を超えた長寿ながら、最後は自らの意思で人生に終止符を打ったことが報道されている。学生の時は、文化を吸収したいという熱みたいなものがあって、「勝手にしやがれ」を見ないと一人前ではないような気がした。パリの街を歩くジャン＝ポール・ベルモンドとショートカットのジーン・セバーグがかっこよかったが、ストーリー以上の意味はわからなかったし、後に東大総長となった蓮實重彦さんの映画評論も何を言いたいのか全く歯が立たなかった。わからない、ことがスタイルなんだろうと、ボート部で船を漕いでいた僕はとりあえず納得した。

ヌーベル・バーグは、エンターテインメントの一つであった映画に、表現する意思のようなものを伝えようとした空気だったのだろうか、ピカソはじめ後期の印象派の画家たちがある時期みなキュビズムの影響を受けて、その後抽象画へと変容していったように、言葉で表現できない、新しいものを産み出すエネルギーはある時期に一気に広まっていくのだろう。

そういう熱量とは別に、撮影技法の新たな試みやアイデアといったものは世界中で複製され、共有されていく。

最近ヌーベル・バーグに影響を受けた日本の監督の孫世代ともいうべき人たちが、次々に海外で賞をもらっている。これを日本の文化発信というような言葉でくくってしまうのはあまりに暴力的であるが、一人一人の監督の才能と努力とともに、今、何かわからないが、日本の映画が世界から評価されていることは確かだろう。

俳優の柄本明さんが、テレビ番組で、演じることの難しさを授業と言う形で若い役者に伝えている。若い人たちが、だしぬけに自己紹介を、と言われて語った内容をもう一度最初から話してみろと言われる。柄本さんはこの二回目の自己紹介は最初とどう違うのか?と問いかける。最初はある意味素の自分だが、二回目は演じる意識が入ってくる。演じることを意識してしまうと途端に人はぎこちなくなる。禅問答のようだが、演じることが自分と他人、現実と虚構の境界に存在する。戸惑う若い人たちに、柄本さんは、演じることはわからない、と突き放す。もちろん柄本さんはわかっている。役者が演じることはトリセツのように言葉では表現できない。素の自分と他人を演じる自分、この境界を意識しなくなるときが演じるという表現なのだろうか。

二十世紀の建築の巨匠、ル・コルビュジェは、建築は住む機械と言うコンセプトを基に、住空間に機能性を追求し、後の集合住宅のありかたに大きな影響を与えた。当時のフランスの石造りの建築の中に、コンクリートで自由に成型した「住宅」を考案したことは、それまで宗教的な題材か肖像画に限定されていた絵画が、印象派が登場して自由な表現の場になったことと同じような画期的な変化である。

パリの郊外に残っているコルビュジェが初期に設計したアパートは、およそ常識的な間取りや装飾とかけ離れていたため売れ行きが悪く、コルビュジェ自身が購入者の希望を入れて手直しした。「現代的」ということは時が経つことで得られる熟成が無いということにも繋がる。今このアパートを見ても、大阪万博のパビリオンを今見るようななんとも落ち着かず、薄っぺらでむしろみすぼらしい軽さが目についてしまう。ちょっと前のコマーシャルを今見ると、何ともいけてないデザインにびっくりしてしまうのと同じ感覚がする。それでも建物に人が住むのでなく、人が住み、生産的な活動を行うための建物という考えは、大きな発想の転換には違いない。

コルビュジェは後年、パリ郊外に小さな教会を設計する。ロンシャン教会と呼ばれるこの教会はコンクリート製ながら茅葺屋根を連想させる柔らかな形をし、内部は光に溢れている。現在を生きる建築を追求したのちに、彼は時を越えて人を癒す場所の新たなありかたを提案した。

アメリカで医者をやっていた一九八〇年代終わりから九〇年代はまさに日本の経済力が際立っていた時代であった。ジャパン アズ ナンバーワンという、日本を思い切り持ち上げたエズラ・ヴォーゲルの著書を覚えている人も多いと思う。機を見るに敏なアメリカの私立小学校では、日本語を第二外国語に採用するところが多かった。日本が世界経済を牽引しているという誇りは、当時海外にいた日本人に共通する感覚であった。世界中で日本商品を売りまくった先人たちは、エコノミック・アニマル（商売のみで人間らしい文化のない動物）と揶揄されていたとされている。しかしエコノミック・アニマルと言う言葉は、「知恵ある人」と言う意味のホモ・サピエンスと似て、本来は生産を行い、経済活動を行うことができる動物こそがヒト、という意味であった。日本人らしい自己卑下ともいえるが、当時の世界の人には、日本は普遍的な価値を産み出す国であり、その商品の丈夫さ、価格の適正さを高く評価していたと言える。

一方で日本はミステリアスで不気味な国でもあった。大喪の礼の時に、すべての日本人は喪に服すのだと言ったら、仕事にうるさいボスが何も言わずに一週間の休みをくれたことを想いだす。

コロナ禍が収まり、漸く日本は二年を超える鎖国に終止符を打つ。インフレや高騰する航空運賃の影響はあるだろうが、日本に来たいと願っている外国人の数はわれわれの想像を超えている。

コロナ禍は、今日をよりよく生きるという、発想の転換をもたらした。彼らはもはや日本が産み出してきた、普遍的な生産物を評価していない。むしろ日本という島の生態系に引き継がれてきた、よくわからない文化や食を体験することが、健康と言う名の幸福に結びつくと考えているのではないだろうか。もちろん、日本に来ることは青い鳥を探すことだろう。そうではあっても、われわれが、祖母が小豆を一晩煮てつくったおはぎや、夕空を見ながら焚火に放り込んだ焼き芋を食べた記憶の一部でも、外国から来る客人も共有してくればいいなと思う。最早エコノミック・アニマルとしてではなく、朋あり遠方より来る、また楽しからずやと迎えたい。

ボーン・コレクター

落語の「野ざらし」は、髑髏が人になって出てくる噺だ。釣りをしていたところに、髑髏が転がっているのを見つけて、回向を施し酒を掛けると、骨がどういうわけかぽっと赤みを差した。その夜、髑髏の元の姿の若いお嬢さんが夢枕に登場する。回向の句は、「野を肥やす骨をかたみにすすきかな」なので、季節は晩秋だろう。

雨風に曝されて、白骨化した髑髏は「しゃれ（曝）こうべ」とも言う。織田信長は浅井、朝倉を滅ぼして、その髑髏に金箔を貼って酒席で披露したと「信長公記」に書かれている。髑髏杯は古くは紀元前八世紀～三世紀にかけて現在のウクライナに割拠した遊牧民族スキタイの習俗に「近親者か最も憎い敵に限り、髑髏に牛の生皮を貼って杯として用いる」とあり、ヨーロッパ、インド、中国では髑髏に銀や金を貼って杯とする風習があったようだ。新しもの好きの信長がそういう情報を聞きつけて真似したのかもしれない。

医師としての初日、真夜中頭を強く打って脳の表面に出血した人が運ばれてきた。頭蓋骨

は閉鎖空間なので、中に出血が起こると行き場がなく脳の圧力が上がり、脳が損傷される。そういう時は頭蓋骨に小さな穴を開けて血液を逃がす手術を行う。当時はなんでもハンズ・オン教育だったので、いきなり皮膚を切開して、骨切をするよう命じられたときには身震いしたのを思い出す。頭の皮膚は意外に厚くてしかも固い。やっとこさ頭蓋骨に到達して、クライオトームという高級なドリルでおそるおそる、ちょうどワカサギ釣りのときに氷に穴を開けるように、頭蓋骨を丸くくり抜くと脳が膜を通して透けて見えた。骨を削るドリルの感触はまだ覚えている。

フランスのローザンヌにある博物館には一万年前の穴の開いた頭蓋骨が展示されている。直径三-四センチはあろう穴の輪郭が滑らかなことから、どうやら人為的に頭蓋骨に穴が開けられて、しかもその創が治癒したのだと考えられる。つまり一万年前に誰かが脳の手術をして、しかも不思議なことにその患者はその後も生きていたということになる。医学部の授業では、人類の最初の手術の証拠と言ってこのスライドを出して学生を煙に巻いている。

『ボーン・コレクター』(ジェフリー・ディーヴァー、文春文庫)は骨に執着するサイコパスの連続殺人事件の推理・サスペンス小説である。犯人は十九世紀のニューヨークの連続殺人者の模倣犯となって、社会への復讐として犯罪を行う。犯行現場に謎かけを残す犯人に、頸椎を事故で損傷して、四肢麻痺となった元鑑識警察官と新人の美人女性警官がコンビを組んで犯人の意図を探り、犯行場所を特定していく。二百年前のマンハッタンの南には皮革工場やら黒人教会、羊の屠殺場があったことが明らかになってくる。もちろん推理小説のルールに則り、最も目立たない登場人物が犯人と言うどんでん返しが用意されている。主人公の元警察官は、犯行現場で得られたわずかな土壌の成分や金属、化学物質をハイテク機器で緻密に解析し、マンハッタンの歴史的背景から犯行現場を狭めていく。現場に遺留されたごくわずかの物質を化学的に分析する鑑識の切れ味の鋭さが驚異的だ。骨を収集していた犯人にはボーン・コレクターというニックネームがつけられている。

「ホラホラ、これが僕の骨だ、生きていた時の苦労にみちたあのけがらわしい肉を破って、しらじらと雨に洗われ、ヌックと出た、骨の尖《さき》。」というのは中原中也の詩「骨」であるが、骨の有機物は腐り、分解されても、骨のなかの無機質は永遠に残るゆえに、髑髏ではないが骨をコレクションにすることもできる。しかし環境によっては、古代の骨であってもごくわずかな有機物が残ることもある。

今年のノーベル生理学・医学賞を受賞したスバンテ・ペーボ博士は、古代人の骨の化石からDNAを抽出して、ネアンデルタール人のゲノムのおおよその配列を決定して発表した。と言うと簡単ではあるが、エジプトのミイラならまだしも、化石骨のDNAを解読することは、高度の科学技術と、そもそも稀有な保存状態にあった古代骨の化石を収集するという並大抵でない努力を必要とする。博士の著書『ネアンデルタール人は私たちと交配した』（文藝春秋）には、ネアンデルタール人の遺伝情報の解読に至る博士の研究のジャーニーが記されている。

博士は、ネアンデルタール人とわれわれホモ・サピエンスがヨーロッパで共存し、交雑していたこと、われわれにもネアンデルタール人の遺伝子が残されていること、逆に（おそらく絶滅時期に近い）ネアンデルタール人の男性にあるY染色体はホモ・サピエンスのものに置き換わっていたことを明らかにした。ネアンデルタール人は家族単位の小集団で暮らしていたらしい。ホモ・サピエンスは大きな集団を組織化できたことからネアンデルタール人を呑み込んでいったのかもしれない。しかしネアンデルタール人にはわれわれにない能力がなかったのか興味がある。

最近ネアンデルタール人の遺伝子にはコロナウイルスに抵抗性の遺伝子と、コロナに弱い遺伝子があり、日本人はコロナに抵抗性の遺伝子のみ持っていることが発表された。人類が環境によってどのように遺伝子を変えていったのか、も博士の研究を魁としてこれからさらに明らかになっていくだろう。

昭和天皇が、園遊会で柔道の山下泰裕選手を労って、「オリンピックは骨は折れましたか？」と尋ねたところ、「はい、折れました」と答えたというユーモラスなやり取りが伝わっている。骨粗鬆症という、骨を構成する成分がアンバランスな状態になると骨折しやすくなる。ホルモンや栄養も関わってはいるが、何より骨は物理的な刺激がないと脆くなっていく。骨太であるためにはカルシウムを摂取するだけではなく、何歳になっても強い運動刺激が必要だ。

国の経済の基本方針は「骨太の方針」と呼ばれている。ここでの骨太とは、粗削りだががっしりとしているという意味であろう。こちらも適切な刺激がないと「骨抜き」になりかねない。なんでもばらまきの政策を見ていると大丈夫かと心配になる。

池袋ワンダーランド

「音痴」は歌うときに音階が外れるが、自分はどうも聞く方の音痴ではないかと思っていた。家人とコンサートに出かけても、クラシックの旋律に出合うと反射的に脳がシャットダウンするのか、毎度心地よい眠りに誘われる。ところが不思議なことに歳を取ってからクラシック音楽が好きになってきた。

ベートーヴェン「ピアノ協奏曲第四番」はピアノの小さな音で演奏が始まり、その後にオーケストラが登場していく。ピアノとオーケストラが語り合いながら、またある時はお互いが強く主張しあう。この曲の独奏者であり、また指揮者である反田恭平は、ピアノに向かい、また立ち上がり、弾むようなモーションでオーケストラをリードしていった。音の粒が、広い劇場を溶かしていく。圧巻の演奏に対するスタンディング・オベーションに応えた反田さんは、アップテンポでショパンの「子犬のワルツ」を披露して場内を沸かせた。反田さんは二〇二一年第一八回ショパン国際ピアノコンクールで、日本では内田

光子以来、半世紀ぶりの最高位である第二位を受賞して一躍有名になった。その反田さんと、反田さんが率いるジャパン・ナショナル・オーケストラの今年のツアーを聴きに、池袋にある東京芸術劇場に家人と出かけた。

池袋は交通ハブとして埼玉県の東京への開口部である一方、新宿の歌舞伎町と並んでガラの悪い通りもあって、盛り場のイメージが強い。池袋がある豊島区には、目白の学習院や日本女子大、皇室ゆかりの雑司が谷公園もあり、細川家の永青文庫や、東洋学の資料を保存している東洋文庫といった文化施設、そして周囲には高級住宅地もあるのだが、いかんせん若い人を引き付ける魅力に欠ける。とうとう二〇一四年には、豊島区は二、三十代の女性が今後半減するという予測のもとに、東京二十三区で唯一人口が減って「消滅可能性」があると日本創成会議に認定されてしまった。

ところがどうだろう、今の池袋はいつの間にか国際アート・カルチャー都市へと変貌していた。豊島区は一九三二年（昭和七年）の東京市の大拡張の時に新たに作られた区なので、今年で区政施行九十周年になる。この秋はコンサートはじめ、歌舞伎や能、博覧会など多くの記念事業がまさに目白押しで開催されている。池袋には東京芸術劇場に加えて、宝塚歌劇団が公演する豊島区立芸術文化劇場を含む八つの劇場の集合体であるＨＡＲＥＺＡ、さらには公園が丸ごとオープンな劇場となったグローバルリングでは「コバケン」こと小林研一郎さんがオーケストラを指揮し、コシノジュンコさんがファッションショーを行っている。

豊島区は高野之夫さんが二十三年間区長を務めている。区長に就任後、借金漬けの区の財政をようやく立て直してきた矢先の「消滅可能性都市」に高野さんは屈辱を覚えたという。それなら最高の文化事業を推進して、人が集まる街にしようという高野さんの挑戦が始まった。そして高野さんのパッションに魅せられて、「かまくら春秋」でも連載されている近藤誠一さん、小林研一郎さん、さらに隈研吾さんも駆けつけて力を貸した。この文化を推進する施策が、結果的に人口増や税収増につながった事実はもっと報道されるべきだろう。超高齢社会の中でも、為政者のパッションが大きく地域を変えていける。

スペインのバスク地方は絶えずスペインからの独立を志向していたことから、第一次大戦後に内戦が起き、独裁政治の時代を経て、地域分権が進んできた。ちなみにバスク人は、ヨーロッパの中でも古い人類の遺伝子を保持している誇り高き民族である。バスク地方の中心都市ビルバオは、鉄鋼や造船の街であったが、八〇年代に国際競争力を失って失業率は二五％に達し、すっかり寂れてしまっていた。そこでバスク州政府は、マドリッドのプラド美術館でなくニューヨークにある、順路がぐるぐると螺旋を描くグッゲンハイム美術館にブランチを創ることを依頼する。新しい美術館はもとよりバスク政府には高額ではあったが、しかし高速道路一キロ程度の建築費であったという。このグッゲンハイム・ビルバオ美術館を核として次々と文化施設が建ち、さらにバスクはグルメのメッカとなり、ビルバオは今や食の都としても名高く、多くの観光客を招くようになった。このバスク政府が高野区長に興味を持って、池袋でバスクの食の祭典を開催しようと計画されているという。

孤立していた地域を広く開放したバスクと対照的に、カナダは多文化主義で積極的に移民を受け入れてきた。カナダで最も人口の多いトロントでは、市民の半分は国外から来た移民である。共用語は英語だが各々のコニュニティーでは一四〇を超える言語が話されている。しかしそれぞれのコミュニティーが閉じるのでなく、自然に各々の文化が溶け込んで成り立っている。トロントの食文化の豊かさは北米随一と言ってよいだろう。カナダは「ジェンダー」、「宗教」を含め、様々な「文化」を尊重しているがゆえに、多くの人材が世界中から集まってくる。

池袋はトロントと共通点が多い。まずエスニックな街であること。豊島区は人口の一〇%が外国人で、東京都の四%に比べてはるかに多い。ジェンダーへの配慮では豊島区もいち早くＬＧＢＴを尊重するパートナーシップ制度を設けている。トロントはいたるところにオブジェのあるアートの街である。池袋はアニメの聖地であり、豊島区立芸術文化劇場では、伝統文化の歌舞伎とＩＴ技術が融合し、中村獅童とバーチャルシンガーの初音ミクが共演する「超歌舞伎」が人気だ。

反田恭平さんは今日本で最もチケットが取れないピアニストといわれている。九十周年記念事業の演奏会は、高野さんが、以前より反田さんに注目して、この日にお願いしていたものであった。高野さんは政治の道に進む前は古書を商っていたという。店番をしながら静かに本を読んでいた時代に、高野さんが何を考えていたのかを聞いてみたい。

更に歳を重ねて

新年にまっ更の服や靴、ノートをおろす、のはいくつになっても気持ちが良い。元旦には三日坊主に終わることは覚悟しながらも一年の計を考える。

更という漢字は白川静の解説によると「更は改なり」「更は革なり」と更・改・革の字を同源としている。「たるみをぴんと張る」というのが更のコアイメージである。物が古くなるとたるみが生じる。たるみを取ると再び新しくすることができる。従って、更は、古いものを新しいものに変えるという意味になり、また改善する、同時に継続するという意味もあると言う。改革、更新は同じような意味になる。

この更の字を使う「更年期」が今注目されている。二〇二二年に厚労省が初めて男女の更年期について調査を行った。女性の更年期は生殖期間が終わる間際に、からだのホルモン環境が大きく変わることで、からだにも心にも混乱をもたらす時期をさす。医学的には閉経の

前後五年以内と定義されている。

実はこの更年期の存在は人類が進化の適者生存のなかで獲得した恩恵であることはあまり知られていない。霊長類であるゴリラやチンパンジーのメスは閉経と同じくして寿命が尽きるので、更年期もその後の「おばあさん」の時代もない。人類は女性に閉経の後の人生が加わることに集団的なメリットがあったのだろう。実際「おばあさん」が同居している家族では子供が多い。しかし今の世の中で更年期が社会活動においてどのような影響があるのかは、実はよくわかっていない。

社員の健康が、会社の健康にもつながるという「健康経営」を国は推進している。これまでは生活習慣病の早期診断が中心であったが、更年期は健康経営に大事であることがわかった。女性の更年期はホルモンという原因がわかっているので治療も難しくないように思えるが、未だに気軽に相談したり治療を受ける体制が乏しい。閉経は全ての女性に起こるので、老化現象ではなく遺伝子によって決まっていると考えられる。

対照的なのは男性の更年期で、こちらは遺伝子でなく専ら自分を取り巻く環境の変化によって起こる。やりがいがあり、自分の仕事がよく評価されると男性のホルモン環境は安定しているが、自分を表現する場所がどこかにないと男性ホルモンは下がり、更年期症状が出現することがわかってきた。女性の更年期は一過性であるが、男性では更年期症状は仕事や生活の質を悪くすることに加えて、長期的には生活習慣病を悪化させ、老化を促進して寿命を縮める。

今回の調査では五十歳六十歳代の多くの男性が、社会生活に支障のある更年期症状を認めていても我慢して医療機関を受診していない。また女性の更年期にまして男性の更年期を診療する医師は少ない。問題の本質はホルモンが減ることでなく、環境とのミスマッチにあるので、そこを解きほぐしていくには医師にも人生経験がないと難しい。これからの時代は若い時に学んだスキルでキャリアを全うすることは難しくなっている。そういう意味ではサッカーの試合のように人生をざっくり前半・後半に分けてキャリアや働き方を考えていくとハーフタイムが更年期に当たるだろう。まだまだ疲れを知らずに後半も出場するのか、気息奄々で倒れこんでしばらく休んでからベンチで応援に回るのか、色々なパターンがあるが、男女とも、けがも含めて診てくれる信頼できるコーチが必要になる。

昨年からトレーナーについてジムで運動をしている。驚いたことに予想以上に自分のからだが縮んでいる。何となく「がに股」になっている。これは内腿の筋肉である内転筋が萎縮したために膝が外を向いてしまうことによる。歩く時には脚の小指のほうに重心がかかり土踏まずを使っていない。このためふくらはぎが細くなっている。ジムではなんとか内転筋の筋トレを行い、歩くときも親指から蹴るように歩いている。歩くこと一つ取ってみても楽ではないが、今始めないと間に合わなくなる。

友人の医師が脊椎管狭窄症になった。背骨に余分な石灰化が起こり、中にある脊髄を圧迫するので足が痺れたり、腰痛が起きる。今は専ら筋トレにいそしんでいる。スポーツマンの彼が言うには、腰痛には、腰を曲げた格好でいるのが実は楽なんだと言う。しかし楽な姿勢を取っていると背中の筋肉が縮まって、腰が曲がったまま戻らなくなってしまう。こういうことをアドバイスしてくれる医師は意外に少ない。

日本人の余命は、一九〇〇年当時、〇歳の男子では四十三歳であった。現在は八十四歳と四十年伸びている。しかるに八十歳からの平均余命は一九〇〇年で五年であるのに対して、現在は九年と、医学の飛躍的な進歩をもってしても一二〇年間で四年しか伸びていない。してみるとみんなが一〇〇歳まで生きるためには、新しい医療が必要になる。更年期であったり、姿勢をよくすることは直ちに病気を治すわけではないが、ヒトをハツラツとさせ、結果的に健康長寿につながる。こういう医療に携わる医師が更に必要であろう。

国民全員が若返る国がある。韓国ではこれまで生まれた時を一歳、そして新年を迎えるごとに年を重ねる「数え年齢」を社会で使用してきたのが、先頃、行政や医療サービスを満年齢に統一する法案を可決し本年六月から施行することになった。このおかげで年齢が数え年から一から二歳若返ることになる。韓国では税金・医療・福祉の基準にのみ数え年を適用しているという。コロナワクチン接種でも小児と成人について数え年を適用して混乱があったようだ。ネットでは国際的な歌手グループＢＴＳのメンバーが兵役に行くのが早まるのかも関心を持たれている。（実際は兵役は満年齢なので影響はない）日本でも親の代は「数え」換算を行っていたので、喜寿とか米寿のお祝いは「数え」でしていた。実際日本で「数え」が廃止されたのは一九五一年で、法案提出の理由は、戦後の暗い世相の中で年齢が若返ることで日本人の気持ちを明るくすることが主眼であったという。

歳を重ねる時に若返る計画を立ててみるのも悪くない。尤も若返りの水を飲み過ぎて赤ん坊になってしまうことには気をつけたいが。

我が断食の記

「普段、何を食べているかを教えて欲しい。そうしたらあなたがどんな人であるか、当ててみせよう」と嘯いたのは美食礼賛で有名なブリア＝サヴァランだ。してみると、何も食べない人、というのはどのような人間なのだろうか？

約百年前、ドイツの海軍軍医であったオットー・ブヒンガーは若くして全身の関節炎に罹って体が動かなくなり障害者になった。藁をもつかむ気持ちで断食をしたところ不思議なことにほどなく全快したことから、入院して断食を行うクリニックを始めた。娘のマリアは治療行為としての断食にヨガをはじめとする心身のケアも加え、ブヒンガー・クリニックは健康増進のリトリートとして今や世界のメッカとなっている。国際機関に勤務していた親友のM君は、これまでブヒンガーでの断食を何回か経験しており、また行くという。

そこで医者になって初めて長期の休みを取ってブヒンガーで一週間の断食を行った。まず

は古来から使われている下剤で腸の内容を空っぽにする。一日の食事は、朝ハチミツ一匙、昼、夜は固形物がない野菜スープまたは果物ジュースを一杯ずつで、〆て二五〇キロカロリーである。この間水は一日二リットル以上大量に飲む。また様々なハーブティーも提供される。

驚いたことに全く空腹感を感じないが、断食二、三日目は活力がなく、ぼーっとした感じであった。ただし朝から早歩きや体操、気功、エクササイズ、山へのトレッキング、ヨガ、瞑想など、プログラムが多く忙しい。五日目からは何も食べていないのにエネルギーが湧いてくる感じで、一週間終わるころにはまだまだ続けられるのにと残念な気持ちになった。このクリニックでは平均二週間断食する人が多く、三週間を超える人も珍しくはない。また八割はリピーターとなり、十年以上毎年同じ時期に来るという人もいた。断食をするのは太っている人だろうと思われるかもしれないが、見るところ肥満者は二割くらいであった。

断食が終わると回復食に移る。まずは少量の野菜と果物それにオリーブオイルからで、味覚が研ぎ澄まされているためか、素材本来の味をおそろしくおいしく感じる。さらに経験したことのない多幸感が到来して、とにかく朗らかになり、また体が軽くなって十歳くらい若返った気持ちになった。

断食をするきっかけは人それぞれだろう。ただし断食をした人は、ブリア＝サヴァランに聞くまでもなくハツラツとしている。同じ頃に始めた人たちは、断食が終わるころには強い絆で結ばれて、後ろ髪を引かれる思いで帰途についた。

炭水化物（糖質）を摂らなくなると、ヒトはからだの脂肪を分解してエネルギー源とする。このため断食をすると、体脂肪が減っていく。私も一週間で六キロ体重が減った。現代の食事では摂取カロリーの六割が炭水化物だが、狩猟採集時代は、摂取カロリーの八割が脂質で、炭水化物は五％以下であったとされる。糖質を細胞に取り込み、血糖値を下げるホルモンは唯一インスリンしかないが、逆に血糖値をあげるホルモンは、グルカゴン、アドレナリン、成長ホルモンがある。そもそもヒトは糖質を摂りすぎるということは本来勘定に入っていないのかもしれない。

断食は古来から世界中で行われてきた。老荘思想の哲学書である「淮南子《えなんじ》」には、「肉を食べるものは勇敢であり、穀物を食べるものは知恵があるが早死にをする。食せずに気を充実させると、不老不死になる」と書かれている。ユダヤ教、キリスト教、イスラム教では重要な祭日の前に断食を行う。仏教の修行にも必ず断食が登場する。断食は過酷なもの、カラダに負担をかけるものと通常は理解されているが体験してみると、むしろ気持ちを高め集中させ、また活力が湧くことから、宗教者には極めてふさわしい行為であることがわかる。アスリートも断食を行っている。エベレスト無酸素登頂をしたラインホルト・メスナーも断食の愛好者であった。実際、断食によって免疫力も高まり、脳機能を高めるBDNFというホルモンの分泌も増えることが知られている。このクリニックに来る三割は高齢者であるが、若返り体験は病みつきになるのだろう。

マハトマ・ガンジーはよく断食を行っていたことが知られている。僅かな衣を纏い、あばら骨が出て贅肉のないガンジーの姿は、国民を想い、無抵抗で植民地支配に抗議をする強いイメージがあるが、むしろガンジーは苦しみに耐えたのではなく、断食をすることで固い決意と明晰な判断そして楽観的な思考が可能になったように思う。意外なことにガンジーはユーモラスな人であったという。

ヒトはどのくらい断食できるのだろうか？　水分をしっかり取れることが大前提であるが、健常者なら一月は医師の観察の元であれば問題ない。ギネスブックではイギリスの二十七歳の男性が三八二日水分のみで生活できたことが報告されている。ちなみにこの男性はファスティング（断食）前の二〇七キロの体重が終了時には八二キロになっていた。

肥満のみならず、これまで治療法がない疾患に断食が試みられたこともある。なかでも関節リウマチと重症筋無力症、うつ病、潰瘍性大腸炎、アレルギーは断食の効果が知られている。すなわち腸と食物、そして消化・代謝に関わる腸内細菌の相互作用がこれらの病気に関係しているということになる。ただし断食にはいろいろな落とし穴もあり、必ず医師との二人三脚をお勧めしたい。特におなかの手術をした人、尿酸値の高い人、甲状腺に病気がある人、心臓病の人は生兵法が大けがの基になる。

自分へのご褒美は、これまではスイーツであったり、ステーキであったり、鮨であった。しかしヒトと共生している腸内細菌にとっては、たまに休みをもらい、野菜、果物、よい油が来てくれることが一番のご褒美なのだろう。

クリニックの医師団の中心であるフランソワは、メタボや糖尿病、うつ病が改善することを著名な医学雑誌に報告している。私が外科医であることを知ったフランソワは、ファスティングはメスのない手術なのですよ、と教えてくれた。メスを置いてからも外科医として人を朗らかにできるなら幸いである。

令和のたけくらべ

前立腺がんの診断薬の開発のため、久しぶりに香港の大学を訪れた。霧と言えば夏のサンフランシスコが有名だが、意外なことに冬の香港も霧が深い。香港島には急な斜面に新旧さまざまな摩天楼がひしめき合っている。ヴィクトリア・ピークは、オースチン通りを登り切った高台で、香港を一望する「百万ドルの夜景」の展望台がある。カンファレンスの合間に、案内役の大学生と昇ってみると数メートル先が見えない深い霧に包まれていた。雨の日のブラタモリよろしく、商魂逞しい写真屋が快晴の画像をバックに合成写真を撮らないかとスピーカーからがなり立てている。

時間潰しに階下にあるマダム・タッソーの蠟人形館へ入った。マダム・タッソーはセレブリティーの等身大の蠟人形を飾ってある、ただそれだけの陳腐な観光スポットだろう。三十年前にサンフランシスコのマダム・タッソーに入った時は、館内はがらんとして、さしてよくは似ていない歴史上の人物の蠟人形の展示がはたして生き残れるのか疑問に感じた。ここ

香港では若者がぞくぞく入館していく。そのせいか圧倒的に香港、韓国、台湾の芸能人の人形が多い。蠟人形は表情が固まっているのが不気味だが、どこか空を見ていた昔の蠟人形が、今はしっかりと焦点を持ってこちらを見ているので、一緒に写真を撮ると絵になる。単に見て通り過ぎるのでなく、人形と音楽・動画の展示がうまく一体化して、観客がシーンの中に参加できる仕掛けになっている。香港の英雄、ジャッキー・チェンと一緒にカンフーをする展示には思わずはまってしまった。習近平夫妻と写真を撮るコーナーは意外に大人気である。日本人ではなぜか草間彌生のみ黄色の水玉模様の部屋に鎮座していた。香港人にとっての代表的な日本人が草間彌生、というのも面白い。マダム・タッソー恐るべしであった。

ここの人形は等身大とうたっている。意外なことに男性の芸能人は欧米人でも身長がかなり低い。かつて高度成長期の頃は、三高、すなわち高身長、高学歴、高収入がもてはやされた。長身の中曽根康弘首相がサミットでレーガンやジスカールデスタンといった面々に伍して、中央に立っていると日本の国力を反映しているようで誇らしく感じたことを想い出す。自分は小学校では常に列の最後であった。しかし高身長であることを人生でプラスに感じたことはあまりない。

男性社会ではいうまでもなく、人に好かれることが大事である。身長が高いとどうしても威圧感があるので、先輩に煙たがられやすい。かつて日中国交正常化で田中角栄元首相が北京に降り立った時に、思い切り背の高い儀仗兵が彼を迎えたことを想い出す。そこまではなくても、上司から見て背の高い人はとっつきにくい。小さい人はその点得で、誰にも受け入れられやすく、小言も言いやすい一方で、かわいがられることが多い。ちなみに織田信長は一七〇センチと当時非常に高身長で、豊臣秀吉は一五〇センチとこれまた例外的な低身長だったらしい。身長が低いかたにはチャームがある。芸能人だけでなく、政治家や会社を創業する人も身長が比較的低い人が多いという調査もある。以前橋本龍太郎元首相にお会いした時に、テレビ映りから思っていたよりもかなり身長が低く驚いたことがある。

トーマス・サラマスというアメリカの人類学者は、高身長の人は残念ながら早く老けて、短い人生を送ると報告している。そもそも女性が男性より長生きするのも身長が男性より低いからだと言う。カラダが大きいと細胞の数も多いので、遺伝子の異常が起こる細胞が生じる可能性が高い。確かに身長を高くする遺伝子は、がんにかかりやすくもする。まさに踏んだり蹴ったりである。従ってお子さんやお孫さんの背が低くても気にすることは全くない。

外科医にとっては、高身長は得しないどころか、デメリットになる。手術台は上下高さを変えることをできるが、もちろん術者に合わせた高さで行われる。従って、手術をする人が助手の自分より身長が低いと、極端に言えば手術中腰をかがめている必要が出てくる。腰をかがめて長時間助手を務めることは結構しんどい。そのせいか外科医で名を成した人は大体背が低い。

自分が最年長になり、周りに気兼ねなく自分の好きな高さに手術台を調節できるようになったときは嬉しかった。この場合、私より身長が低い人は通称足台と呼ばれる踏み台を持ってきて、手術中はその上に乗ってもらう。ごく稀に、身長の低い術者が自分より背の高い助手を気遣って、自ら足台に乗ってくれることがあった。そういう外科医は人徳と、さらには最高の手術をできるという自信がある。もっともロボット手術の時代になり、好みの椅子の高さで操作できるようになって、この身長の悩みは最早ない。

高身長の人のほうがエネルギー消費量は当然多いので、ＳＤＧｓで言えばサステナブルではない。ヒトの平均身長が数センチ低くなるだけで大変な量の食料が節約されるという。

日本人は戦後、栄養状態の改善により飛躍的に身長が伸びたが、この二〇年くらいは伸びが止まっている。令和三年の一七歳の平均身長は、男子が一七一センチ、女子は一五八センチである。都道府県別では男子はどういうわけか秋田県が一七二センチとずば抜けて高い。秋田犬にロシア犬のＤＮＡが入っているらしいが、ヒトもそうなのかもしれない。ちなみに世界ではオランダ人が最も身長が高い。男性の平均身長が一八三センチ、女性が一六九センチである。尤もそのオランダのライデン大学のナンシー・ブレーカーと言う研究者は、背が高いほうが知的でリーダーシップがあるように受け取られやすいが、実は背が低い人のほうが、より社会に受け入れられやすいように戦略的にふるまうことができると言っている。

背が低くて引っ込み思案なチッチが、背が高くて勉強も出来る、ハンサムなサリーに片想いをする『小さな恋のものがたり』は、昭和から平成までの大ロングセラーであった。しかし片思いで少子高齢化は解決しない。個性が尊重される世の中では大男こそ知恵が必要だろう。

朋有り遠方より来る

春と言えば蛤だ。千葉の九十九里は今でも日本で最も多くの蛤が水揚げされている。子供の頃は長い砂浜の渚をかかとで砂を掘るだけで簡単に蛤が採れた。レーキと呼ばれる鉄製の熊手で専門的に蛤を取っている人もいた。英語では浜をくしけずる人と言う意味でbeach comberという。ただしハワイでは、beach comberは金属検知器を使って海水浴客の浜辺の落とし物を拾って歩く情けない人、という意味になる。

蛤の澄まし汁は濃厚なアミノ酸の出汁とミネラルのわずかなほろにがさがある。僕の目の前で蛤と菜の花の汁に舌鼓を打っているのは、イタリア、パドヴァ大学のD先生だ。パドヴァ大学は創立が一二二二年、イタリアで二番目に古い（最古の大学はボローニャ大学）。ガリレオ・ガリレイ、ダンテが教授を務めたという。一四世紀に大学として体系化された当時は、哲学・医学部と法学部の二部構成であった。哲学と医学が同じ学部というのが面白い。

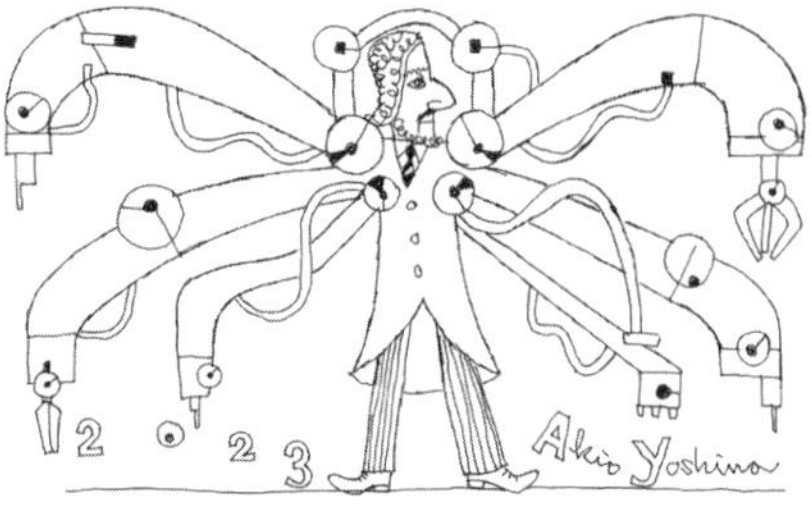

D先生は私と同じ泌尿器科医でイタリアで最初にロボット手術・ダヴィンチに取り組んだ外科医である。膀胱のがんで膀胱を摘除した後に、腸の一部で膀胱の代わりとなる袋を作って、尿道と繋ぎ自然排尿を可能にする「代用膀胱」の手術を全てロボット手術で行う世界的な名手である。彼の恩師も私の恩師もこの代用膀胱を研究したという縁と、私の診療チームでもロボット手術で代用膀胱を作ることを試みながらも未だにうまくいっていないということから、コロナ禍も収まったので私の病院にお招きした。外科手術は絶えず他流試合をするか、エキスパートを招くことによって今の実力がわかるし、また高みに立つための方法や道のりもわかってくる。以前は毎年海外の腕の立つ外科医を呼んでいたがこの二年間はそれができなかっただけに、手術チームの進化も鈍っていた。それだけにこのジョージ・クルーニー似の先生の登場はチームを活性化してくれた。

それにしてもイタリア人はカッコいい。最近評判のスマホＡＩであるチャットＧＰＴに、「なぜイタリア人のファッションセンスは優れているのか」と聞いてみると、「歴史、文化背景からイタリア人には優れた審美眼があり、さらにルネッサンス以来、デザインの独創性と質の高い製品を用いる技術が重視され、エレガンスと実用性という二つの要素を重んじるライフスタイル、そしてイタリアの地域ごとの文化の多様性も関係する」という回答が一秒もかからずに表示された。パドヴァにはレオナルド・ダヴィンチもかつて滞在した。長い手術をともにした後のセミナーではD先生はダヴィンチの素描も斯くやと言うくらいの素晴らしい手術スケッチを示してくれた。スケッチのうまい外科医は手術もうまい。彼の指導のおかげでわれわれもロボット手術で代用膀胱を作ることができた。

一日のスケジュールが終わった後に小さな和食屋で日本酒片手に医学教育や外科医の教育について語り合った。

イタリアの医学教育はさすがガリレオのお国だけあって、基礎医学をしっかり学ばせることを主眼としている。従って医学の縦横の知識をしっかりと考えることが要求される。一方臨床医学のトレーニングは、みんなに手厚いというわけではなく、クラフツマンシップよろしく技能に優れた者のみが腕を振るえるようだ。アメリカの医学教育はとにかく臨床医学を主軸において、基礎的な知識は必要な時にのみ付け加えるだけで、なにより医学的な問題をどう具体的に対処するかに重点をおく。

日本はどちらかと言えばイタリアに似ているものの、科学自体が歴史の血となり肉となっていないので、イタリアのように科学として医学を見れているか、は自信がない。もちろん医学に哲学は全く入ってこないので、医学教育はまだ知識を紹介するだけに終わっている。

医学生のみならず、日本の大学ではいまだに日本語での知識教育が主体となっている。なのに就職活動では「ガクチカ」と呼ばれる大学の部活、サークル、アルバイトで「学生時代に力を入れた」経験が自己PRに欠かせないという。コロナ禍で部活もアルバイトもできないでどう「ガクチカ」をアピールできるか、多くの若者がチャットGPTを頼ったことだろう。

最近若い外科医へのメッセージをと求められて、動画を撮る機会があった。若いつもりでもモニターには白髪とほうれい線の顔が映っている。外科のイノベーションはどういう環境で起こせるか、と聞かれて、「よそもの、わかもの、ばかもの」と答えた。異なる価値や考え方を持つ人、ものの見方が固定化していない若者そして意外な発想をする人、こういう人が集まるチームで働くことがイノベーションにつながると思っている。逆にこれまでの人生を振り返ると自分自身が「よそもの、わかもの、ばかもの」でもあった。もちろんマイナスもプラスもあった。

最近の若者は、とは言いたくないが、受験勉強の勝者である今の若い医師たちは、どういうわけか皆早く家庭を持ち、家を購入する。生活の安定は喜ばしいものの、もう少しの間、学問でも技術でもその水平線を拡げるようなやんちゃな時間を使えないかと思ったりする。この春から定年まで三年となった。この三年間、迷惑を省みずにもう一度「よそもの、わかもの、ばかもの」になろうかと思ったりもしている。

日本のご飯が好きになったというD先生だが、「でも毎日パスタ食べてるんでしょ?」と聞くと、「とんでもない、せいぜい週一回日曜くらいだよ。君らも毎日鮨食べないでしょう?」と意外な返事である。最近小麦のグルテンが強化されているので、グルテン・フリー食品を意識的に取ることが多くなっている。グルテンから腸を休ませるらしい。むしろグルテン・フリーである米こそが健康によい、と多くの人が感じているという。南米由来の雑穀で、栄養価が高くスーパーフードと呼ばれているキヌアも、そもそもグルテンを含んでいないので人気が出たらしい。

おそらく日本のコメを世界が欲しているというのに、ふるさとでは未だに減反政策が続いている。「よそもの、わかもの、ばかもの」はいないものか?

僕の叔父さん

志賀直哉の短編に「山鳩」という熱海の野鳥にまつわる話がある。その中にメジロを採りに行く子供から、「小父さん」と声をかけられて、実は「お爺さん」と呼ばれたのかもと思う一節がある。志賀が熱海の大洞台に住んでいたのは戦後の昭和二十三年頃だから、年齢としては六十三歳くらいだろうか。当時の六十三歳といえば立派なお爺さんだったろうが、その文豪志賀の年齢にいつの間にか自分もなってしまっているることに驚いた。先日電車で立っていたら、意を決したような顔の若者にサッと席を譲られたことがある。「お爺さん」だな、とおかしくなり、ありがたく座らせていただいた。

年少者が年配の男性を呼ぶのは「小父さん」だが、親戚の「おじさん」となると「伯父さん」か「叔父さん」では、だいぶ感じが違う。伯という字には統領の意味があるらしい。漢字の字面もかしこまった雰囲気を感じる。父の実家にいる伯父さんはなんとなくおっかないが、「叔父さん」は、昔兄弟が多い家だと長子と末っ子の間が一世代離れたりしているので、

自分に年齢が近くなる。「叔父さん」は趣味の世界を教えてくれたり、親にはできない相談に乗ってもらったりと、兄よりも頼りがいがあって、優しい存在である。自分の近くにいる「叔父さん」ばかりではない。遠くにいる「叔父さん」は、憧憬の対象になる。親戚の集まりにいないことがかえって存在感を増して、新しい可能性を教えてくれる。

男性にとって父親は乗り越えていくべき、あるいは対立すべくして対立する存在である。しかし、反発の対象であった強い父が、いつか年老いて丸くなっていくことを目の当たりにすると、父はもはや自分と闘う存在でないこと、そしてそれは人生が無限でないことに気がつくきっかけになる。それまでは未来しかなかった自分の時間に、今を教える時計が出現して、否応なく時の移ろいを知ることになる。その点「叔父さん」は何といっても気楽なところがいい。ちょっと頼りないけれど自分と同じ目線でいてくれるような、そんな叔父さんが理想的だ。大学のキャンパス、はじめて連れて行ってもらった酒場、叔父さんが連れてくるガールフレンドなどなど、少年の僕には、叔父さんは、ワクワクする大人の男の世界につながっていた。

時が加速度をつけて風のように過ぎていくのを感じるようになった。かつてのカッコいい叔父さんも、久しぶりに会ってみると、「後期高齢者パスをもらったよ」なんておどけたりしている。でも人生のちょっと先輩の叔父さんの世界を覗くと、なんだか「高齢者」も悪くない、と思えてくる。

叔父Sの七回忌が先日あった。S叔父は、小柄ながら七十歳を超えても筋肉質な体型を保って、ストイックに精神の自由を大事にし、女性にはよくもてたが生涯独身であった。子供の頃、九十九里の家に遊びに来て、庭の梅檀の木の下に座り読書にふける叔父を見て、本は机に向かって読むものと思っていた自分はびっくりしたことを想い出す。

その後叔父はパリにわたり、家具職人が多く住む界隈にアトリエを構えた。叔父が癌を患って世を去ったあと、仲の良かった叔母が部屋を片付けていた時に、テーブルの上にオペラの前売りチケットを見つけた。叔母は叔父の面影を探しにオペラの劇場に出かけて行ったところ、幕が開く間際、隣の席に妙齢の女性が滑り込んで来た。「Sさんの妹さんですね。もし僕が来ないときには、もうこの世にはいないからとSさんに言われていました」とその女性が涙した話を叔母から聞いて「シゲオ、水より安いワインは飲むなよ」とバスチーユ広場近くのビストロでしたり顔で言っていた叔父を想い出し、こういうのがエスプリなのかと感じ入った。

叔父は亡くなる前に自室に書付を残していた。遺骨を自分が若いときによく登った谷川岳の登山道の沢のほとりに埋めてくれというのである。五月の晴れた日に、もう一人の叔父と、一ノ倉沢沿いの登山道に赴いた。手書きの地図で指定された、谷川岳の南の絶壁である爼《まない》宕《たぐら》が臨める場所を見つけて骨を埋め、目印に百合の根を植えた。叔父はまだこの世に何か仕掛けを残しているかもしれない。いつか、会ったことのないS叔父の子供がどこからか登場してこないか、秘かに期待している。

他人ながら、憧れの叔父さんの話をしたい。二〇一一年の夏、東日本大震災の後に国際学会をどう開催しようか困っているときに、かまくら春秋社の伊藤玄二郎さんのアドバイスで、建長寺で学会を開かせていただいた。建長寺さんも長い歴史の中での初めての医学会であったと聞く。

暑い夏に本堂に扇風機を並べて、お仏像の前で講演を聞くのも楽しい経験であったし、海外のゲストは鎮魂と再生の地である鎌倉を楽しんでくれた。このとき、国際関係について特別講演をしていただいたのが逗子出身の外交評論家のOさんで、トレードマークの紺のブレザーのボタンを外して、ユーモアあふれる講演をしていただいた。

そのご縁でたびたび、Oさんのボートで相模湾のクルージングにお供させていただいた。イタリア製の美しいボートを、Oさんはイタリア語で「青い風」という意味のVento Bluと名づけられた。クルーおそろいの帽子をかぶり、操舵するサングラスのOさんは、僕の憧れの「叔父さん」だった。佐島と逗子を往復するクルーズを楽しみ、富士を染める日没の頃には、焼き鳥にウイスキーの酒盛りが始まる。お役人から経営者、女優に、看護師とOさんを慕う人たちに囲まれながら、誰にも優しく、気取らず、だけど気品がある飲み方ができる男はなかなかいない。

パーティーでOさんにスピーチをお願いしたことがある。病院嫌いのOさんは「この先生にはまともに診察なんかしてもらったことがないんだ」と笑いながらボロクソに言ってくれたのが嬉しかった。

Oさんは、コロナ禍がやってきて世が騒然となった三年前の連休中に、慌ただしく天国に旅立ってしまった。相模湾に湧き立つ夏の雲を見るたびに、舵を取るOさんの清々しい佇まいを想い出す。憧れの「叔父さん」であったOさん、岡本行夫さんの雲の墓標はどの海でも見ることができる。

雨の日は自分に

雨が蕭蕭と降る日は、カーペンターズの「雨の日と月曜日は」(Rainy Days and Mondays) を想い出す。〝Talkin、to myself and feelin、old/Rainy days and Mondays always get me down〟(独り言を言う自分に、歳取ったなと思う/雨の日と月曜日はいつも気が滅入ってしまう)

カーペンターズの詞は英語がわかりやすく、カレンの深い歌声に中学生の僕は魅了された。この曲は一九七一年のリリースなので、当時カレンは二十一歳。「箸が転んでも笑い転げる」十代後半のキラキラした時代が過ぎて、すこし大人びた若い女性の気持ちを歌ったこの曲は大ヒットした。なにより雨の日にはカレンの低音がしっくりくる。

最近検索のヤフーの人から、「『更年期』という言葉の検索は六月が一番多いんです」と聞いておやっと思った。「更年期」は男女ともに性ホルモンの減少によって自律神経の乱れが起こる現象である。女性は閉経という遺伝子で決まっているイベントへの移行期に起こるが、

男性の更年期は、どうも社会の中での自分の貢献度、評価や立ち位置が変化してくるときに男性ホルモンであるテストステロンが減って起こるのではないかと僕は考えている。仕事の達成感がない、仕事の責任を果たせない、仕事から離れた、というのが男性の更年期症状を訴えるヒトの特徴だ。もっとも男性では「更年期」を認めたくない気持ちが強いことが漢方薬メーカーであるツムラが行った調査でわかった。七割の男性は「更年期」を認めることは現役から退くこと、老化したことだと考える。でも、どうして梅雨時に歳を取ったと感じるのだろう？

まず年齢にかかわらず梅雨時は体調が悪くなりやすい。頭痛、めまい、疲労感、首や肩のこりや関節痛、寝汗、それにうつが起こりやすい。こういった症状はまさに男女の更年期障害でよくみられる。

ヒトは耳の三半規管で外気圧を感じ、脳に伝えている。高気圧、晴天時では自律神経の交感神経が活発になり、いわば外向きに活動する意識になる。反対に梅雨時の低気圧では副交感神経が優位になるのでリラックスはできるが、何分内向きモードなので、「気合いを入れて」仕事をすることは苦痛になる。梅雨時は歯が痛くなりやすい。高気圧では細菌への免疫が活発になる一方、低気圧ではウイルスへの反応が強くなるといわれている。したがって梅雨時にはインフルエンザやコロナのようなウイルスには強いが、細菌への免疫が弱くなり、虫歯や歯周病が悪化しやすい。梅雨時は湿度が高く、食べ物が腐りやすいが、そもそもヒトのほうも梅雨時は細菌への抵抗力が弱いのでおなかをこわしやすくなる。腸内細菌のためにも「梅雨時こそヨーグルト」と言えるかもしれない。

日照時間も梅雨時には少なくなる。心に満足度を与えるホルモンであるセロトニンは太陽光を眼が感じることが分泌のスイッチとなる。雨が続くとセロトニンの分泌が減って鬱やイライラ、寝汗の原因になる。ぐるなびの調査では梅雨時は六割の人が憂鬱と答えている。同じ調査で、梅雨時に食べたいものに女子の四割はスイーツ・デザートを挙げている。セロトニンはスイーツを食べると分泌されるので、まさに理にかなっている。男性の四割はコーヒーやビールを飲みたいと答えている。なるほどコーヒーやビールは交感神経を活発化する。

交感神経はそもそも、闘うか逃げるかと言う「食うか食われるか」という生きるために懸命な一瞬を支える神経として発達してきた。しかし現代社会では、かつてなく異常に交感神経を張り詰めているといってもいい。一方の副交感神経は、リラックスするとき、一人でいられる時間の「自分らしさ」に寄り添う神経システムである。急に副交感神経が活躍するので戸惑うのが梅雨時なのだろう。

今年のゴールデンウイークは前半が晴天で、後半は雨になった。晴れて高気圧の時は交感神経が元気なので戸外に積極的に出たくなるが、結局疲れて家に帰ってきてホッとしたという人も多いだろう。このホッとするときは副交感神経の時間になる。雨の日は外で仕事をするのには向かないが、一人でリラックスできる時間を与えてくれる。湿度が高いので、色々なにおいが揮発しにくい。ワインの香りを楽しむのにも雨の日はふさわしい。働き方改革で年休の取得が各事業所で奨励されている。まさに雨の日こそ年休を自分のために取りたい。

雨の日の森の中では、雨の水滴が大気の有害な物質を溶かして空気を浄化すると同時に樹木から分泌される物質が立ち上ってくる。森の生活を愛したソローは、「自然の社会には、雨という温かな、やさしいちからになってくれる仲間がいることに気づきました。自然のすべてと雨のすべてがひとつになって、空気と同じように私を抱いてくれると感じました。」(『ウォールデン　森の生活』小学館)と書いている。幸い日本ほど森林の豊かな国は少ない。梅雨時こそ白神山地のような原生林を訪ねてみたい。湿度が高いと嗅覚も敏感になり、森のにおいを満喫できる。

最近、どんな森にも、古くて大きな母樹(マザー・ツリー)があり、この母樹が木の根と土壌を介して森の他の樹木たちと複雑な情報交換をしていることがカナダの太平洋に面したブリティッシュ・コロンビア州の林学者であるスザンヌ・シマードの研究によって明らかにされた。屋久島はじめこの母樹はパワースポットになる。壮大な森には雨がつきものであることも雨が自然を潤していることに他ならない。

政府は花粉症を国民病として、スギ花粉を出す森林の整備に乗り出すという。本来森林が自然に形成されていく時は様々な種類の植物がそれぞれ違うタイミングで生えて生態系を形成する。しかし植林された杉は、一箇所に集中して植えられたため、危機感を感じて子孫を残そうと通常より多く花粉を出してしまうという。（一般社団法人Silvaホームページより）

母樹のいない植林は、生態系にも多くの問題があるだろう。森林は海も豊かにする。花粉症だけでなく森林再生の百年の計を多くの智慧を持つ人たちが考えてくれることを願っている。

藤井さんとＡＩ

棋士の藤井聡太さんが史上最年少で名人位を含む七冠を獲得した。残りは王座戦のみとなり、いずれ全てのタイトルを独占するだろう。テレビで見る藤井さんはなんだか少し眠そうで、はにかみながら謙虚なコメントをする。次局への意気込みを聞かれると、しっかり準備する、とかコンディションを整える、といったコメントが多い。これは同じように喜怒哀楽をテレビカメラの前ではあまり表現しない野球の大谷翔平選手と似ている気がする。私は将棋は駒の動かし方くらいしかわからないが、以前早逝した棋士村山聖《さとし》の生涯を描いた大崎善生著『聖の青春』（講談社文庫）の映画化に協力したことがあり、棋士という、ある種無頼なアスリート達が好きだ。村山聖は幼い頃の長い入院生活で将棋に出会い、名人へあと一歩のところで癌に倒れる、短く、壮絶な、そして純粋な人生を送った。この村山と羽生善治九段、古くは升田幸三と大山康晴、あるいは中原誠と米長邦雄といった対照的なライバルの存在は格闘技である将棋をドラマにする。

多くの棋士は小学生あるいはその前に才能を見出され、先人の対局記録である膨大な棋譜を追体験して判断力を磨いていく。藤井さんは早くからコンピューターの将棋ソフトと人工知能（ＡＩ）を研究に取り入れていたことで知られている。ＡＩは「次の一手」を指した場合の展開を瞬時にかなり先まで判断できる。棋譜を将棋盤で再構成することを「並べる」という。ＡＩを活用することは例えば動画を十倍速で見るようなものだろう。藤井さんは将棋が好きと言う才能に加えて、若くして、実は誰よりも将棋の景色を見ているのかもしれない。

これまでのＡＩはイヌとネコを区別するとか、交通データーから渋滞を予測するといった、データーの分析が主体であったが、最近になって、対話（チャット）できるＡＩであるチャットＧＰＴを誰もが使えるようになり、世の中に大きな変化が生まれている。チャットＧＰＴを使うと、例えば二時間の会議の議事録を一時間かかって作成していたのが、録音を与えるだけで、ものの一、二分で議事録を作成してくれる。また算数の問題はじめ、およそ学校教育で遭遇する「問題」をほぼ解くことができる。最近では司法試験さえもまず合格する域に達している。

チャットＧＰＴは言語（コンピューター言語も）のやり取りであるが、ほかのＡＩでは注文に応じてイラストや絵画も書くことができる。バイオリンをピカソ風に描いて、と指定すればピカソ顔負けにデフォルメされたバイオリンの絵が出てくる。こういう「生成型ＡＩ」

については警戒も強い。例えば東京都教育委員会は、児童生徒のレポート作成にはＡＩを使わないようにという指令を出したことが報道されていた。昔、計算問題には電卓の使用が許されなかったのと同じ、見事に残念な指令である。今年生まれた子供は、生まれながらにこの生成型ＡＩがあるわけで、明治以来の日本の教育も大きく変わるだろう。ＡＩが解いてくれるというのに、まだ旅人算とか鶴亀算の解き方をあえて学ぶ必要があるのであろうか？論理的な思考は小さい頃より鍛えていかないと発達しないという主張はあるだろう。しかしそもそもＡＩは論理には準拠していない。ＡＩをいつまで人間がデザインできるのか？ムンクの叫びのようにＡＩに警鐘を鳴らす識者もいる。

医療では、患者と医師の会話の要点をサマリーして記録し、考えられる病気やするべき検査を提案する電子カルテがすぐに登場してくる。会話のみならず患者の表情や音声をＡＩが感知して体調もわかるので、医師の経験値は意味をなさなくなる。そうなってくると医師の期待される能力は、いかに患者をリラックスさせ、あるいは共感を得るかといった、いわばお笑い芸人の資質に近くなってくるかもしれない。吉本興業が医学部を作る、とまではいかなくても医学部教育とコラボする日は近い。その前に医師の仕事のかなりの部分はＡＩがやってくれるので、医師の数は大幅に減っているだろう。

ピーター・ドラッカーは知識、経験や知恵を活用して組織の問題解決や意思決定に貢献する労働者を知識労働者と呼んだ。この知識労働者は半世紀以上産業社会を牛耳ってきたし、受験戦争もこの知識労働者になるために存在している。しかし今後はすべてＡＩに取って代わられる。何より、ＡＩには仕事への高いモチベーションだの、リスクを恐れないチャレンジ精神も必要がなく、しかも電力がある限り休息も要らない。今年五月に大学の学園祭でＡＩによる模擬裁判が開催された。法曹関係者は、まだＡＩが出す判決を評価する余裕があったが、いずれ裁判官よりもＡＩの判決のほうを当の人間が好むようになっていくかもしれない。そもそも一般人に判決を委ねる裁判員制度はなくなってしまうだろう。

知識労働者が不要な社会で果たして人間は何をしたらよいのか。ＡＩが手術をすることはまだできないが、ＡＩが手術中に外科医をアシストすることはもう始まっている。外科医の教育は切った張ったではなくて、判断する能力を身につけることにある。しかし判断する必要のない外科医というのは、少なくとも魅力的な仕事ではない。ユヴァル・ノア・ハラリは、人類は飢饉、疾病、戦争という問題を解決して、不死、幸福、そして神性の獲得を追求するホモ・デウス（神のヒト）へアップグレードしていくだろうと謳いあげた（『ホモ・デウス』河出書房新社）。しかしＡＩが自らをアップグレードしていくうちに新たな神として君臨する事態こそがあり得る気がする。さらにＡＩが好き、嫌いといった感情を備えるようになるとややこしい。チャットＧＰＴに、感情を持ったＡＩをどう思うか聞いてみたところ、ＡＩ

は主観的な経験に基づく感情は持ちえないが、ＡＩが感情を持つと人を操ることが可能になる、と回答してきた。パーフェクトすぎる。

藤井さんはＡＩを駆使して将棋を研究しながらＡＩでも想像できにくい手を指して勝利を呼び込んだと報道されていた。経験則なるものが全てＡＩに置き換わっていたとしてもまだイノベーションが可能であればヒトの価値は残るように思う。知らんけど。

我感ずる、ゆえに我あり

筋トレしにジムに通っている。筋トレは姿勢一つで効果が違ってくるし、バーベルやマシンを使うのでトレーナーについてもらっている。その日は何となく気分が乗らないうえに、からだが硬かった。初めて会った女性トレーナーに、「ストレッチしっかりやりたいです」とお願いしたけれど、ストレッチはさっと終わり、筋トレの種目をこなしていくことになった。腕でバーベルを頭上に押し上げるショルダープレスという種目になった。

バーベルの重りはトレーナーが記録を見て調整してくれる。まずバーベルを担いだ瞬間に、普段の重さと違ったのか、これはとても十回は上げられないな、と感じた。案の定七回目で筋肉はほとんど限界であったが、息を止めてぐっと腹に力を入れて持ち上げたところ、急に激しい頭痛が起こり、しばらく動けなくなった。ネットで調べてみると、筋トレで力むと脳の血流が少なくなって頭痛が起こるのだという。幸い軽く済んだものの、頭痛は翌日まで

残った。せっかく身体の方が、今日は体調がいま一だし、筋肉も硬いと伝えてくれたのに、その警告に従わずに年甲斐もなくトレーニングを優先したことを後悔した。

病気には前兆がある。心筋梗塞になった人に聞いてみると、発作が起こるだいぶ前から、心臓に違和感を感じていたという人がほとんどである。医者はああ、そのころから血管は詰まってきたのでしょうねと相槌を打つ。一方前立腺がんが見つかった人の中には、たまたまおしっこするときに違和感があり、泌尿器科を受診したところ早期がんが見つかった、という人も多い。この場合早期がんがあっても前立腺の形や大きさは変わらないので、おしっこの違和感はがんとは関係ない、「たまたま」受診して採血した腫瘍マーカーの値からがんが診断されたので、これはラッキーでしたねと言うだろう。しかし実はがんが存在していることを前立腺が脳に伝えている可能性はないのだろうか?

身体が脳に送っているメッセージには、空腹とか、おしっこに行きたいといった意識に上る感覚と、食事をして血糖が上がったことを脳が感知して、肝臓の酵素を生み出す指令を出すといった、意識に上らない、臓器と脳の連携作業がある。そのほかに、心臓の鼓動や呼吸、腸の動きなどの形で　身体が絶えず発信している信号がある。こういう信号はヒトが予想外のことに出くわしたり、あるいはその先を予測したりするときに出る。例えば山道でクマに出会ったら、恐怖で汗が出るというのは、実はまず汗が出て、それから恐いと意識する、というのが現在の医学の定説となっている。

デカルトが「我思う、ゆえに我あり」と、人間は脳で考える存在であると唱えて、論理的に検証を行えるものを対象とする「近代」が始まった。しかし実は私たちのからだは「我感ずる、ゆえに我あり」であることがわかってきた。霊長類を研究している京大の山極壽一は、「例えば人が汗をかく場合、私が暑いと思ったから汗をかくわけじゃなくて、身体が暑さに反応して汗をかくから、脳が暑いと思うわけです。それが生きている人間です。」と言っている。この身体が脳に発する信号システムは医学の言葉で内受容感覚と言われている。この感覚に、鋭い人と鈍い人がいる。例えば、あなたは自分の心臓の鼓動を感じることができるだろうか。日中、心臓の鼓動を意識することはほとんどないが、目をつぶって胸に意識を持ってくると何となく波動があるのを感じる。その波動が実際に指で手首の動脈を触ってわかる脈拍と一致していれば、内受容感覚が正確ということになる。この感覚が鈍いと、実は疲れているのに頑張ってしまって突如倒れる羽目になる。

内受容感覚は直観、あるいは第六感とも呼ばれる形で危険を未然に感知することにも働いている。為替のトレーダーをウォール街でしていたジョン・コーツという人がいる。彼はインターネット・バブルとその崩壊を目の当たりにし、そのときの人間の行動から金融リスクと身体の反応の関係に興味を持ち、母校ケンブリッジ大学に戻って身体が脳に送る信号を調べる研究者になった。コーツは株や為替といった、予測しにくい状況で利益を上げる人は、学歴や知識がある人ではなく、この内受容感覚が優れた人だと言っている（『トレーダーの生理学』早川書房）。つまり身体から脳に上がってくるメッセージに敏感な人は第六感でリスクをうまく取ったり、回避できるらしい。また、この感覚が優れていると感情のゆらぎのコントロールがうまくなり、他人の気持ちも理解しやすくなり幸福度が高まるという研究もある。

内受容感覚は記憶を司る脳の海馬と関わる。最近の調査ではがんになった人（がんサバイバー）は、認知症になるリスクが半分くらい下がることが示されている。どうしてがんになる人が認知症になりにくいのか、まだ定説はないのだが、一つだけ言えることは、がんになった方はおそらく身体からのメッセージを、病気になる前より注意するようになるということだ。その結果として海馬が働くことが、脳の健康につながっているのかもしれない。一方で認知症になるとがんが発症しにくいことも知られている。身体からの信号がうまく海馬へつながらないと、身体からの信号をキャッチできずに、「違和感」もなく、受診もせずで早期のがんが見つかりにくいのかもしれない。

政府は先ごろ「認知症対策基本法」を制定した。この「基本法」は、認知症と社会の共生を謳っている。認知症はもはや限られた人の特殊な問題でなく社会に普遍的なもので、今後自治体は認知症の予防、治療、ケアの計画を策定することが求められる。

実はマインドフルネスやファスティングは内受容感覚を高めてくれることが最近わかってきた。身体から送られる信号に耳を澄ましておけば、認知症にもがんにも心筋梗塞の予知にも有効かもしれない。

映画「八月の鯨」は入江の別荘に住む老姉妹の話だ。二人の静かな生活にもさざ波が起こる。鯨にもこの内受容感覚はあるのだろうか？

寒流の街で

世界中が熱波に見舞われた北半球の夏であった。ノルウェーやフィンランドといった緯度の高いところでも三〇度を超える日があったという。カリフォルニア州のデスバレーでは気温が五三度まで上昇した。この地球温暖化が一体どこまで行くのか、だんだん恐ろしくなってくる。新聞報道にタイが避暑需要を取り込んでいるという記事があった（二〇二三年八月六日付日本経済新聞）。ジョークではない。世界中が熱波に見舞われ、タイが相対的に涼しく感じられるようになったからだ。バカンスの定番であるイタリアやスペインでも気温が四〇度超に上昇して、外出がままならなくなった。雨期のタイでは夜間の気温が二五度程度まで下がる日もあり、涼しさを求めて集まるのだという。

標高が百メートル上がると気温は〇・六度下がるので、標高千メートルであれば海抜ゼロ地点よりも六度低い。自然に加えて、異文化の軽井沢はこの六度の温度差が魅力であった。しかし軽井沢ももはや聖域ではない。

実は真夏の昼間でも二〇度をめったに超えない北半球の都市が、サンフランシスコと釧路である。どちらも霧が有名だ。海流は陸地の気温に影響する。しかし北半球では暖流のほうが寒流より多い。貴重な寒流の中でも二大寒流といえばカリフォルニア海流とわが親潮だ。日照で陸地の空気が暖められて上空に上がると、寒流が運ぶ寒気が街を包む。寒流のおかげでサンフランシスコも釧路も真夏でも寒いくらいに涼しく、朝霧が晴れると一転紺碧の空となる。

このあまりに爽やかな夏が恋しくて、以前はよくサンフランシスコに出かけた。ニットのサマーセーターを着て、街中のユニオン広場から、ケーブルカーに乗らずにフィッシャーマンズワーフめがけて早足で坂を上っていく。頂上にあるロシアン・ヒルに辿り着くと金門橋やアルカトラズ島まで見渡すことができる。そのまま下っていくとイタリア人街であった賑やかなノース・ビーチを経て、埠頭（ピア）に着く。サンフランシスコの近くにはヨセミテ国立公園がある。渓谷は多く花崗岩よりなっており、急峻な崖や氷河、多くの滝が硬質で男性的な景観を構成している。公園内には三千の湖と無数の河川があり、これらの水系が湿地を作り、動植物の豊かな生息域となっている。サンフランシスコで冷えた体をヨセミテを歩き回って温める。自然に浸る解放感が心地よい。

アメリカが遠くなったここ最近は釧路で二度、夏を過ごした。釧路もサンフランシスコも、もともとは鉱山と漁業の街であったが、サンフランシスコはＩＴと金融の街へ変化したのに対して、釧路は漁業も炭鉱も衰えたまま、鯨のような大きなからだを持て余しているように見えた。釧路のすぐそばにも湿原が広がっている。かつての海が引いた跡に土砂や泥炭（ピート）などがたまり、三千年前に現在の姿になったという。釧路湿原は耕地化が困難で、いわば見捨てられた土地であったが、研究者や自然保護団体がその価値を発信して、一九八〇年に日本で最初のラムサール条約登録湿地となった。

湿原の川をカヌーで漕いでいくことは長年の夢であった。静かな水面にパドルを入れてカヌーを進ませる。平らな湿地には、丈の低い植生が広がっている。鹿の親子やタンチョウヅル、キタキツネとも遭遇した。ヨセミテとは対照的な、太古の自然に包まれる安らぎを感じる。釧路から阿寒湖まで車で移動すると、丘陵地が地平線まで美しく耕地と牧草地になっていて、あたかもイギリスの田舎にいるような気がする。イギリスの丘陵地は何世紀もかけて形成されたものであるが、この道東の景観はたかだか百五十年の歴史であり、何世代もの開拓者の人生に思いを馳せる時間となる。

釧路湿原には植物が低温下で堆積した泥炭が何層も蓄積されている。泥炭は、炭素の含有率が低く、含水量も多い質の悪い燃料であるが、木炭が貴重であったスコットランドでは、ウイスキーを製造するときに大麦麦芽（モルト）を乾燥させる際の燃料としてピートを用いた。ピートを熱したときに上がる燻煙をモルトに当てるとウイスキーに独特のスモーキーフレーバーがつく。ラフロング、ボウモアといった、アイラ島で醸造されるスコッチウイスキーは「ヨードチンキの匂い」とも言われる強烈な香りがする。アイラは海霧が発生しやすく、湿原にあるピートには海風が運ぶ海産物が多く含まれているのでヨード臭が強い。

日本でも湿原のピートをフレーバーとするウイスキー醸造が釧路のそばの厚岸で二〇一六年にはじまった。厚岸はアイラ同様、海霧が発生しやすく、蒸溜所の北東には湿原が広がっている。このウイスキー「厚岸」はピート香がしっかりと効いて、凛とするようなウイスキーである。厚岸は牡蠣の養殖でも有名なので、焼牡蠣で一杯と思い、訪れたものの牡蠣はあっても「厚岸」は現地では飲めなかった。歴史はまだ浅いにもかかわらず、ネットでは既に高価で取引されていた。道東は高価値の食文化を新たに紡ぎだしている。

釧路湿原の端から摩周湖へ向かう道沿いに小さなゴルフ場がある。ゴルフのネットサイトに掲載されていない小さなゴルフ場で、宿屋に例えると旅籠といった風情である。車窓から見えるコースの美しい緑に魅かれて、ふと立ち寄ったら快くプレーをさせてくれた。海沿いにあるスコットランドのゴルフ場では、ズボンの後ろポケットにウイスキーの入ったスキットルを入れ、一ホールごと、キャップ一杯をひっかけて寒さをしのぐという。へぼゴルファーはプレーのあとにピート香の強い「厚岸」を飲んで、スコットランドでプレーする時を夢想する。旅に出ると次の旅が楽しみになる。

藍色は群青に　薄暮は紫に

ふるさとは深いしじまに輝きだす（「晩夏（ひとりの季節）」荒井由実）

どこよりも早く秋が来る釧路で夕日を眺めて、翌日にはサウナのような東京を歩いている。

そういえば東京砂漠という歌があった。「強くなければ生きていけない。優しくなければ生きていく資格がない」（レイモンド・チャンドラー）

シルバーバックを探して

占いをする人に、おまえは「風」の人間だと言われたことがある。「風来坊」よろしく、腰が軽いところをずばり指摘されて驚いた。「木」の人は実生の芽を育てて、大木にしていく人だろう。何事かをなす人は年輪を増やしていくうちに大木として聳えていく。「風」の人は、拘泥がなく面白いものを探して飛んでいく。どこ吹く風であれば、根を張る苦しさを味わわずにいつか止む日が来る。

昭和の時代、男の子のなりたい職業と言えば、プロ野球選手とか、科学者とか、現実的にはエンジニアとか実業家というのもあったかもしれない。その中で探検家というのも魅力的な職業であった。梅棹忠夫という人がいる。日本における文化人類学のパイオニアであり、生態学者、民族学者、情報学者、未来学者で、京都大学の人文科学研究所で活躍し、後に国立民族学博物館を設立した。彼の『知的生産の技術』（岩波新書）は、研究することを生業としていく人へのガイドブックとして、多くの学生に刺激を与えた人であった。梅棹は戦前

にアフガニスタン奥地を探検し、世界制覇をしたジンギスカンの末裔であるモゴール族の存在を突き止めた。探検といえば、スリリングな冒険と背中合わせで、新しいものを発見するというイメージだが、ダーウィンしかり、古来探検隊には科学者がいた。いや、科学の一つの領域が探検であったというべきだろう。梅棹は日本で最初の科学する探検家と言ってよいかもしれない。

梅棹の本を読んで京都大学へ行って探検家になりたいものだと中学生の頃夢想していたことを、風吹くままに生きてきた今になって思い出している。そんな時にたまたまウガンダの国立病院から医療指導の話が来た時には、「吼える密林」にいるマウンテン・ゴリラを見に行けるのではないか、と妄想した。黄熱病やら、腸チフスやらワクチンを五本も打ち、はてはマラリアの予防薬ももらって首都カンパラに着いた。東アフリカのケニア、ウガンダ、タンザニアはかつて英領で高地にあり、赤道直下でも涼しい。ウガンダは年中昼間は二六度で夜が一八度という常夏の国である。かのチャーチルは一九〇八年にウガンダを旅してウガンダの人が心優しいと「マイ・アフリカン・ジャーニー」という本に書いている。創立一〇〇年の国立マケレレ大学に附属するムラゴ病院は千床を超すアフリカ屈指の大病院で、医師も学生もすこぶる優秀であった。

病院での仕事がひと段落して、いよいよマウンテン・ゴリラに会いに行く僕の探検が始まった。マウンテン・ゴリラはウガンダ、コンゴ、ルワンダの三国が接しているヴィルンガ山地およびウガンダ国内の国立公園にのみ生息している。ちなみに日本にゴリラがいる動物園はたった六か所しかなく、全て低地に住むローランド・ゴリラである。首都からヴィルンガ山地のひとつ、ガヒンガ山の麓へは六〇〇キロくらいあり、ケニア、コンゴを結ぶ舗装道路を二十年物の日本車で飛ばして十時間かかった。

翌朝、日の出の頃マウンテン・ゴリラのいる森に入る。ゴリラの生息地へ行くにはレンジャーの同行が義務付けられており、一日に八名まで入山できる。ウガンダは人口稠密地帯でもある。このため山という山の木は伐採され、耕作地となっている。生息地が狭くなり、また密猟の横行やエボラ出血熱による感染死によって、一時マウンテン・ゴリラは数百頭まで減った。幸いウガンダ政府やNGOの努力で、観光客を受けいれ、ゴリラの現状や環境について学ぶエコツーリズムが行われるようになり再びマウンテン・ゴリラの数は増えてきている。エコツーリズムは地元住民にガイドやレンジャーとして安定した収入を与えるので、密猟を防ぐ効果がある。ツアーではゴリラにストレスを与えないため、観察できる時間は出会ってから一時間と決められている。ゴリラは採食のためグループで日々森の中を移動をしている。このため群れに遭遇するには傾斜のきついジャングルを六～七時間歩くことも多い。

ガヒンガ山は霧や雨が多く、雨具が必携であるが、当日は絶好の快晴でこの日ばかりは晴れ男に感謝した。ガイドとレンジャーは総勢六人。治安の悪いルワンダの国境近くには密猟者がいることもあり、レンジャーは銃を携行している。三〇度くらいの急斜面を歩いていくが気持ちが高揚していて疲れを全く感じない。運よく三時間くらいで九頭のゴリラの家族に出会うことができた。マウンテン・ゴリラは漆黒で毛深い。リーダーのオスは背中の毛が鞍状に銀白色になり、シルバーバックと呼ばれる。通常は一頭のシルバーバックと、複数のメスやその子どもで群れを形成する。遭遇したファミリーのリーダーのシルバーバックは四十歳、人間で言えば八十歳くらいであろうか。移動するときの筋肉の隆起が美しく、背中の白い毛に威厳を感じる。一方子どもは好奇心いっぱいでこちらに近づきでんぐり返しをするのが愛くるしい。

ゴリラ研究に命を捧げたダイアン・フォッシーを描いた、映画「愛は霧のかなたに」(一九八八年)ではシガニー・ウィーバーが現地でマウンテン・ゴリラに寄り添う熱演をしている。遺伝子はゴリラよりもチンパンジーやオランウータンのほうがヒトに近いはずだが、二、三メートルの距離で、ゴリラのファミリーを見ていると、ヒト集団の原型を見る想いがする。

このファミリーには、シルバーバックがもう一頭いる。メスが多く生まれたことから、外から養子として若いオスのシルバーバックを迎え入れたのだという。近い将来老リーダーはこの養子に戦いを挑まれてリーダーから降りる運命にある。しかし慎重な養子はまだメスたちからは遠ざかっているようだ。知るか知らずか老シルバーは落ち着いて木の葉を食べ続けている。ふと老シルバーと目が合い、そして視線がそれた。その表情はなぜかパウル・クレーのセネシオという画に似ていた。セネシオは顔の半分が若く、半分は老けている男を描いている。彼は「カルペ　ディアム（今日を楽しめ）」と僕に言っている気がした。

二章　目薬余滴

志賀直哉『焚火』

今のこどもたちは本を読まない、といわれて久しいようですが、これは日本に限らず一種の世界的なエンデミック（疫病）のようなもので、海外の新聞を見てもゲームにEメール、ipodにYouTubeしか興味のないこどもたちにどうやって活字に親しませるか、親や学校は四苦八苦しているようです。そこには活字情報が情報媒体の中心であった世代が、そのアーカイブを次の世代に引き継ぎたい、と願う気持ちもあるのでしょうが、若い世代の人たちには当然ながらYouTubeやマンガやプロモーションビデオといった映像情報が、文字情報と等価かあるいは、それ以上のインパクトがあるのだと思います。おそらく文字の情報を身近なものに感じるのか、あるいはビジュアル映像により親しみを感じるのか、医学的にみれば脳シナプスの発達期にどちらにより多く曝露されたかにもよるのではないかと思います。

若い世代の人たちはファンタジーにしても、われわれのように本を読んで活字から状況をビジュアルに想起するよりも、直接精巧なCG映像を観るほうが琴線に触れるのかもしれません。『ハリー・ポッター』を本で読むのと映画で見るのと、世代による好みや感じ方の違いがあるのか、興味があります。

　私の場合は、父母が活字人間でしたので、幼いころから文芸の話題が多い環境におりました。文学人間の父は、志賀直哉が東京から我孫子へ、そして奈良へと移り住んでいったことに影響され、三十代の終わりに東京から千葉の九十九里に移り住みました。私たちが移り住んだ家は、明治時代に作られた日本家屋で、南の庭に面した長い廊下のつきあたり、雨戸の戸袋の横に本棚があり父の蔵書のうち、おもに文庫本や実用書が所狭しと並んでいました。小春日和の午後にこの狭いスペースにコックピットのように嵌まって文庫本を読みふけるのが小学生のときの密やかな楽しみでしたが、なかでも私が親しみを感じたのは志賀直哉の随筆でした。ちょうど志賀直哉が奈良で生活していたころの作品の背景は自分の周囲の田園風景と共通することが多く、『池の縁』とか『日曜日』などの家族をめぐるユーモラスなエピソードは、ビデオの映像のように今もなお思い出すことができます。

　私の好きな作品に『焚火』があります。志賀直哉が赤城山に滞在していたころ、友人たちと夜の湖畔で焚き火を楽しむ話ですが、夜の湖に燃えさしの木を投げ入れるときに水面にも木の火が映り、二つの放物線が、ひとつになって消えるさまがありありと描写されています。また梟が「五郎助」そして暫らく間をおいて「奉公」と鳴く、といったなんともいえず深い味わいのある自然の描写もあります。志賀直哉の文章は、時空間を切り取りビジュアルに想起させてくれるところに、思春期の私は魅力を覚えたのだと今振り返って思います。

さて、『焚火』では登場人物のKさん（後にスキーで活躍した猪谷千春さんのお父さんのことと思いますが）が、吹雪の中を真夜中に山を越えて家に帰るときの「不思議なエピソード」がモチーフになっています。

Kさんが、思いきって夜中に深い新雪の中を山越えしていくときのこと、途中なんどか眠くなって、寝てしまえば凍死してしまう危ないことがあった。やっと峠にたどり着いたころ、真夜中なのに村から提灯を手に雪の中をこちらに向かってくる人たちがいる。驚いたことに家の人たちが迎えに来てくれたのだ。Kさんは、山越えをすることは誰にも連絡もしていないのにどうして迎えに来てくれたのか、訝しんで尋ねると、実は家で寝ていたKさんのお母さんが、ふと目を覚まし、「Kが帰ってくるから迎えに行ってください、Kが呼んでいるから」と言って、家の人たちを起こし、ご飯を炊いて支度をさせて送り出したことがわかった。夜の雪山を登るのには準備も周到でなければならないが、お母さんが確信を持っているので、みんなで準備をしてきたのです、と家の人たちが言う。そのお母さんが起きた時間を考えるとちょうど自分が眠くてたまらない時であったのでKさんは慄然とした、こういう話です。

『焚火』ではKさんの家庭環境と母子の絆から、この「不思議なこと」は親子の深い愛情が空間を越えて呼応したように解釈されています。

志賀直哉はこの日常で経験した超自然的な偶然性に興味を持ち、『焚火』以外にも、奈良から東京まで大旅行した飼い犬と出会う『クマ』あるいは、最晩年の随筆『盲木浮木』で、科学的に説明ができない偶然の現象の解釈について、彼なりに問題を提起しています。同じようなことはユングがいうところのシンクロニシティーや、より広く言えば浄土真宗でいうところの「他力」につながるのではないかと最近思うようになりました。志賀直哉自身は、『盲木浮木』においても、超自然的な偶然性はどうして起こるのか、そこに解釈をせずに、むしろそのまま受け取めています。宗教や信心をもちださないところが、合理的な生活者であろうとした志賀直哉の所以と思います。

しかしこの「偶然」は人生を豊かにしてくれるものに他ならず、また何かの思いが偶然を呼ぶと言っても過言ではないでしょう。昨今医療をめぐって、医療を供給する側とそれを受ける側とでさまざまな摩擦が生じています。医学が進歩し、いろいろな病気が早くわかることにより、むしろ病む人を癒すという医療の原点が、医療の日常の中で希薄になり、医療の内容も、与え手と受け手の間の契約と変化していることにも原因があるように思います。

病気の訪れは突然であり、そして厄介なことに人生の歩みを止めてしまいます。医療者は、ある意味病気という偶然に遭遇して立ち止まったひとに、偶々通りすがり、手を貸して、その人の人生の歩みに同行するのが生業なのだと思います。夜の雪山の中のKさんを、天の声を聞いて提灯を持って出迎えた人たちのように、医療人としてありたいとあらためて願っています。

志賀直哉『焚火』

湘南はホルモン力を上げ、パトスを呼ぶ

湘南といえば、どうしてもサザンオールスターズ。大学に入って聞いた破壊的な日本語と海に飛び込む『Nude Man』のジャケットには、限りなく青春の可能性を感じました。まず海であり、太陽であり、仲間がいる、おまけに限りなくキッチュな江の島が控えていることもなぜか安心感がある。およそホルモン力が上がるすべての要素を兼ね備えた場所、として湘南を「ホルモン特区」としたいくらいです。

老若男女問わず、大事なホルモンにテストステロンがあります。テストステロンは筋肉や骨を作る以外に、特に冒険心や判断力、家族愛といった社会にかかわるメンタリティーを左右します。そしてテストステロンが高い人は病気になりにくく、結果として長寿であることが最近わかってきました。実はこのテストステロンを上げておくのには、食べ物や薬に頼るよりも、どうも「友達」と「冒険」をすることが、手っ取り早い方法と言えます。小学生のころの「秘密基地」だったり、あるいは女性から見て、オトコ同士が「よからぬ相談」をしているときの顔、これこそ、ホルモン力が上がっている顔といえるでしょう。そんな顔をし

ている時期が青春であり、そして湘南は青春の源というわけです。

医学生のころには逗子へよくウインドサーフィンに出かけました。仲間と冒険を共有する楽しさからホルモン力全開で、駐車場を裸で走り回ったり、あやうく沖に流されそうになりながらも必死に陸に戻りついて、その話を肴に夜も安い酒を飲んでまたまたはめを外したことは、いつまでも忘れえぬ記憶です。記憶の強さには、脳の海馬に刻み込むエネルギーが関係するのではないかと思うのですが、まさに念力とでも言いましょうか、テストステロンがどーんと出るときこそ、人生の太いアクセントになるように思えます。

このテストステロンは楽しいこと、調子がいいことだけでなく、仲間とともにつらいこと、苦しいことを耐えるときにも発揮されるようです。そういう意味でテストステロン的な情景に戦争があります。戦争映画は悲劇であれ、あるいは英雄譚であれ、日常では考えられない残酷さとともに、痛みや憤り、そして執念や決断力そして達成感、さらに平和が回復された後の人生への感謝などのドラマが盛り込まれています。映画だけでなく、パレスチナで、イラクで、あるいはさまざまな国で、家族を失い、あるいは瓦礫の前で嘆き悲しむ光景を見ない日は一日といってないのがこの地球ですが、実は同じように、この痛みや苦しみを共有する感覚、すなわちパトス的な世界が日常に展開するところ、それは医療の現場にほかならないのではと考えています。

医師のキャリアを救急救命センターでスタートした私は、正統的な医学研修からは全くの異端者でした。当時救命医療はサービスであって学問でないとされていましたし、指導してくれた先輩たちも、病院の正規の診療科からは白眼視されていたこともあったようです。一方救急の現場はつくづく、世の中は不公平、不条理であることを思い知らされる毎日でした。わずか数分前まで元気であった人が、意識を失って入ってくる。物言えぬ患者を前に、この不条理を患者の家族とともに悲しみ、医学の無力さに打ちひしがれ、あるいは奇跡的な回復によろこび、というきわめてパトス的な場所で多感な時期を過ごしました。

古代ギリシアの医者であるヒポクラテス（BC四六〇頃～三七五頃）は原始的な医学から迷信や呪術を切り離し、科学的な医学を発展させたこと、さらに医師の倫理と患者の権利を明らかにしたことで医聖といわれています。しかし興味深いことに当時有力であったクニドス派の医師は疾患の分類を重視し、医学として体系化しようとしていたのに対し、ヒポクラテスはむしろ医師は「癒し」の技術を以って、病気そのものを実体とするのでなく、「病める人」を対象とすることを唱えたそうです。「つまり病気とは、局所的な出来事である以前に全身的な異変であり、医者のつとめは、人体にそなわった自然治癒力を助けて増大させることなのである。」（中村雄二郎『臨床の知とは何か』岩波新書）そう考えるとヒポクラテスの箴言である、「人生は短く、技術は長い」という言葉もなるほどとうなずけます。このヒポクラテスの姿勢が驚くほど新鮮に思えるのも、現在の「臨床医学」が、臨床の経験を一つの体系に組織化し、普遍的な、論理的な、あるいは客観的な科学となることで、本来「臨床」という言葉に内包されていた感情や痛みを共感するパトスの部分を消し去ってしまったことにほかならないのではと感じます。

ヒトのＤＮＡを解読し、一分子の挙動を精緻に再構成していく科学のロゴスと、現実の医療の現場でのパトスは、本質的に異なるものです。そういう「医科学」教育を受けた医師と患者の対話は、本質的に困難なことがあります。患者の苦痛を取ることが医師の大きな仕事であり、またそういうトレーニングを受けているのですが、即座に問題が解決しなければ（脱臼の整復とか、のどにささった骨を抜くとかはさておき）、まず患者は「私はなぜこの病気になったのでしょうか」と問いかけます。患者にとっては、自分は何にも悪くないのに、罪状を宣告されるのはきわめて不愉快なのです。医師の説明を受けて、万一納得したとしても気が晴れるわけでなく、患者の願いは、痛みをパトス的に共感してほしい、そういうアプローチを医師にしてほしい、そう気がつくまでに私自身も長い時間がかかりました。

現在の医療崩壊の現場では、医師が過剰労働となっていることも確かですが、そもそもわれわれの社会のパトス性がなんだか乏しくなってきていることも原因かもしれないと考えます。若い「草食系」の医師たちは優秀であるものの、医療を舞台にしたＴＶ番組を見て、同じパトス性を期待する患者に疲れてしまっているのではないでしょうか。

ダライ・ラマ十四世法王は、「他人の人生の価値を高めることが、自分の人生の価値を高めることになる。それにはcompassionate（思いやり）がなくてはならない。二十一世紀こそはかつてなくcompassionateが求められる時代だ」と仰っています。この思いやりの心はまさにホルモン力を必要とします。そして思いやりはパトス的な世界を生み、あるいは浄土真宗でいうところの他力にもつながっていくのだろうと感じます。

医療の現場に立つには、スコラ哲学的な「科学的知識」の習得もさることながら、方法論だけでない、医療に本質的に存在するパトス的世界を強靭にわたるためのホルモン力が必要ではないかと思います。

振り返って湘南の海でホルモン力を高めた青春も無駄ではなかったのかもしれません。

てあて貯金

私は医師と呼ばれています。歳を取った医師と言ったほうが正確かもしれません。
でも、この「師」という文字が好きではありませんでした
あなたの周りの「師」の人
教師、牧師それに医師　この三つの職業は、特別の人を小さな場所に閉じ込めている人たちです。

教師は子供を学校の教室に閉じ込めます。
牧師は信者を教会に閉じ込めます。
医師は患者を病室に閉じ込めます。
狭いところに閉じ込めないで、もっと広々とした野原で、勉強を教えたらよいのに
狭いところに閉じ込めないで、もっと広々とした海の上で、聖書を教えてくれたらよいのに
狭いところに閉じ込めないで、もっと広々とした空気の中で、治療をしてくれたらよいのに

とみなさんは思うと思います。

私も若いころは、閉じ込める「師」という人は嫌だなあと思いました。

うっかり網にかかってしまった鳥を、解き放つ人になりたい。

砂地に植えた若木が、大きな樹になるように、水をあげる人になりたい。

そう思って毎日過ごすうちに、だんだんと気づいてきました。

解き放たれて羽ばたくエネルギー、太陽の光を浴びてすくすく伸びるエネルギーは、鳥や樹が自然に持っているもの。だけどどうかして、エネルギーが少なくなった人には、自分のエネルギーを少し分けてあげることができるかもしれない。それが医師ができること、「てあて」です。

「てあて」とは手当て、つまり手を当てることです。手を当てるだけなので、狭い場所でかまいません。いやむしろその方が集中できます。

医師も看護師もみなさんのからだに手を当てます。

看護師さんのやさしい手に比べると、医師の手はごつごつしていたり、ぐっと力を入れたり、痛いところを押したりするので、嫌かもしれないですね。でも医師も看護師も手を当てることで、みなさんのからだにわずかでもエネルギーを注入しているのです。

みなさんが病室に最初に来た時には、医師や看護師のてあては新鮮なものであったと思います。てあては嬉しいものです。ホッとします。

てあてを受けるのは毎日貯金箱にお金がたまっていくようなものかもしれません。最初のうちは、貯金箱にお金を入れると大きな、いい音がします。早く貯まっていくのが待ち遠しいです。

でも毎日てあてを受けているうちに、あなたの貯金箱はいっぱいになってきているかもしれません。新しくお金を入れても、もう音がしないかもしれません。貯金箱を振ろうとしてもずっしりと重すぎるかもしれません。

そういう時は、今度は気前よく貯金を使ってしまいましょう。

というのもこのてあての貯金箱は貯めるのが目的でなく、使うのが目的だからです。

痛いことをした先生
こっそりアイスクリームを食べたことに怒った看護師さん
寒い思いをしたレントゲン室の技師さん
早く迎えに来てくれなかった助手さん
今日出会ったすべての人に「ありがとう」と言ってみてください。
それが「てあて貯金」の使い方です。

掃除のおばさんや売店のお兄さんにも、てあて貯金を使ってみましょう。

あなたの貯金を分けてもらった人はとても幸せな気持ちになります。

あなたの周りのみんなを幸せにして、貯金をすっかり使ったときには、あなたのからだとこころはエネルギーに満ち、すっかりいつものあなたになっているでしょう。

ダヴィンチの椅子

外科医と言えば立って作業をするものだと思われている。「手術室に入室した外科医が、ガウンに手袋をまとい、両手の手のひらを自分の胸に向けて手術開始を厳かに宣言する」のが手術の象徴的な場面である。もっとも、実際には外科医は座って手術を行っていることも多い。顕微鏡や拡大鏡、内視鏡を用いた手術では外科医は椅子に座っている。肝臓移植のような長時間の手術でも、外科医は椅子に座る。手術室の椅子のほとんどは、丸椅子でペダルやモーターで高さを調節する。角がないので、狭い手術場で当たってもいたくない。クッションは柔らかめである。座り心地を憶いださないような、徹底的に印象が薄い椅子である。

ハーマンミラーのような、「機能的」なデザインを持つ椅子がオフィスシーンに普及してきたのは二十年前くらいであっただろうか？　頭、背中をサポートし、座面はわずかに上に凸になっている。深く座ると心地よいし、姿勢もいい。けれども顎も上がりぎみになってしまう。なるほど前を向いて発言する会議に適していると感じた。もっとも俯いて、頭の中で考えをめぐらしながら、時間の感覚を忘れて知的な作業をするときには、むしろ椅子の主張が邪魔になる気がした。

　手術ロボットダヴィンチでは、外科医は手術台から離れたコンソールで椅子に座り、モニターをのぞき込んで操作をする。日本にダヴィンチが導入された初めにアメリカに武者修行に出かけた。先駆者たちのうち、これはというスピードとテクニックを持った医師は、乗馬スタイルで、傾きのある、樹脂製の硬い椅子を使っていた。この椅子だと、モニターへ傾くからだを頭とひじ掛けが支え、手がフリーとなり、手術操作に集中できる。このとき手がひじ掛けよりも下に位置している医師は前腕の筋肉がリラックスしており、手術がうまい。手がひじ掛けよりも上がってしまっている医師は、前腕の筋肉が緊張してしまい、ぎこちないこともわかった。この椅子を順天堂に持ってきた。

　ダヴィンチの乗馬椅子は、樹脂製でクッションがないので、時間がたつとお尻が痛くなる。手術という時間の中で、外科医は毎回旅をしている。むろん、急ぐ旅ではあるが、道端に咲いている花や、道のくぼみに足を取られないように注意をする旅でもある。お尻が痛くなるときは、想定よりも時間がかかっている、難しい手術であることが多い。こういう時は痛みを感じたら、いったん椅子を離れて筋肉をほぐして、再び旅の終着点へと歩をすすめることができる。考えてみればスポーツカーや、遠乗りをする自転車も座席は硬い。

　江戸川乱歩の小説に「人間椅子」がある。令嬢が好んで座る、温かく、柔らかな革張りの椅子の中には、彼女に思い焦がれた椅子職人が入って、彼女を、椅子の革を通して抱きかかえていた、という、乱歩独特の猟奇的な話であったように記憶している。しかし、ぞっとするような、生理的な嫌悪感をもたらすイメージでありながら、なんだか椅子の一つの本質を鋭く突いている気がしてならない。

病院の喧騒を離れて一人の世界に戻るときは、からだの圧力を感じずに支えてくれる椅子が欲しい。そう思いながらも、再び硬い椅子に座りなおして机に向かうか、あるいはバーのスツールに腰かけ、止まり木に肘を預けているか……際限もなく椅子とともに新たな旅に出ている。

九十九里の少年

三島由紀夫に「詩を書く少年」という作品がある。少年の持つナルシズムや不思議な幸福感を描いて余すことがない傑作である。詩人が言葉で自分の色彩と空間を形づくるとき、言葉は単なるコミュニケーションのツールでなく、それ自体が主体であり、目的となる。

そこで私がこれまでに出会った、もっとも美しい詩を紹介したい。「春」というタイトルだ。

「春」

春になったら、おれは中学へいぐのだ
春になったらさくらがさくだろう

この二行。そして余白には桜の太い幹と花が描かれている。そう小学校卒業のガリ版文集。同級のコウノ君の作品だ。少年の持つ未来への期待をこれほど率直に、豊かに表現している詩を私は知らない。

父が、小説家になろうとして東京から千葉の九十九里に越したのは昭和四十二年、私の小学校入学の前日であった。志賀直哉の生き方に傾倒していた父は、かつて志賀が我孫子や奈良へと移り住んだことに影響されて、家族の生活の場を、かつて城下町であり海沿いの別荘地として栄えた文化を持つ小さな、しかし誇り高い町に選んだ。国道沿いに神社や商店があり、田んぼが海と里山に向かって開けていたのどかな町だった。

都会から移り住んできた甲高い声の僕に、同級生はみな優しかった。梨畑が広がる里山に住んでいたコウノ君は口が重く、滅多にしゃべらなかったが、ボクに秘密の甲虫の居場所を教えてくれた。深い防砂林を越えて、海に行くと砂の城を築き、凧を飛ばし、飽くことがなかった。当時、先生はクラスで「月給取りになれ」とよく言っていたことを思い出す。高度成長の好景気の中で投資が当たった父は、ボクを東京の中学に行かせることとした。卒業式の日、一人だけ違う制服で「答辞」を読んだボクは、ポケットに入っていた予備のボタンを好きな女の子にあげた。

月日がたち、六年前、「月給取り」として東京の病院で働いていたボクに、自分が通うことがなかった地元の中学校のクラス会の通知がきた。クラス会は四年に一回、オリンピックの年に開かれているらしい。ゲストで出てこないかという誘いにたまらず特急電車に乗って駆けつけた。あの詩を書いたコウノ君は今では頭は真っ白となり、宮大工から注文建築もこなす大工の棟梁として活躍していた。あくる年の、お盆。帰省していたボクに珍しくコウノ君から電話がかかってきた。

「ホリエ、浜（海岸のこと）で地引でバーベキューやっからこないけ（来ないか）？」「いぐべ、いぐべ」と二つ返事でボクは息子二人を連れて海岸へ向かった。地引網の会場はすでに大勢の人だかりだが、駐車している車がベンツやBMWばっかりで、どうも地元の人間ではなさそうだ。かき氷を作るのに忙しいコウノ君を見つけて声をかけた。

「コウノ、今日来てる人だれ？」「施主だっぺや」コウノ君が、家を注文したお客さんを招いているのだ。地引網で揚がった小魚を素揚げしたのを都会の施主さんたちはおいしいおいしいと食べていた。コウノ君はかき氷を一つ作りおわると、皺の深い顔に微笑を浮かべながら僕に向かって、「ホリエ、いい医者がいないからけってこいや（帰ってこいや）」と言った。なんでも町の医者はいまではみんな都会に住んでいるので、夕方には帰ってしまうらしい。大学だとか、手術だとかいう言葉を飲み込んで、黙っているボクに、「診療所はおれが格安でつくるさ。おめは頭よかったからな」と追い打ちをかけてきた。注文建築のクリニックは高そうだなと思いながらも、そうか、コウノ君はボクを必要としているんだ、とただ嬉しかった。二人の息子は「お父さんが知らない言葉でけえるとか、けえらないとか言ってるけど、僕たちどうなるの」と妻にこっそりLINEしていた。

少年時代を過ごした千葉県長生郡一宮町は、東京オリンピックのサーフィン会場に選ばれた。そしてその年に開かれる、行かなかった中学のクラス会を、また心待ちにしている。

鳩サブレーと理髪道具

私の父が、東京でのサラリーマン生活を離れて、家族を連れ千葉の九十九里に隠棲したのは、三十八歳のことであった。小説を書くため、というのがその表向きの理由であった。その町は明治時代には別荘地として栄えたところで、文人の往来も多く、芥川龍之介が夏に滞在した旅館もあった。もっとも移り住んだ家は、海や別荘地の並ぶ川べりからは少し離れて、農家に囲まれており、牛や豚がのどかに鳴いていた。ともあれ僕は祖母と叔母に連れられて、小学校入学の前の日にその家に着いた。父母は既に引っ越しを済ませていた。いきなり知らない小学校に行くことになったというのに、不安に思った記憶は不思議にない。子供というものは、運命を受容することには拘泥がないらしい。

文学青年であった父は、志賀直哉が我孫子や奈良で送ったような、田園での創作的な生活に憧れがあった。また父は幼い時に結核で父母と兄を次々に喪ったことから、志賀直哉の『日曜日』のような、健康な家族団欒を理想的な生活と考えていた節がある。父母の毎日は晴れた日は畑で野菜を作り、あるいは庭の手入れをし、雨の日は父は読書をし、母は縫物や家事をしたり、という静かなものであった。小さなオーブンがあり、母はよくマドレーヌを焼いてくれた。僕と妹は、夏は風が通る竹林の中に茣蓙を敷いて蚊取り線香を焚きながら宿題をしていた。

世間的に安定し、かつ恵まれていた生活環境を捨てて、毎日を家族と過ごすことに決めた父の勇気には、今振り返ると驚くほかない。志賀直哉が奈良・白毫寺のあたりで子供たちと釣りをしたように、私と父も河べりで釣りをし、里山に甲虫を探しに行った。父は強度の近眼であったが、海水浴に出かけたある日、眼鏡を海に流されて以来眼鏡をかけることもやめてしまった。結局小説も書かずじまいだった。もっとも日本橋に生まれて銀座に育ち、編集者として活躍していた母が、なぜ父の無謀な計画に従ったのか、今となっては深い謎だが、それも改まって聞くことなく母は急いで亡くなってしまった。商家に育った母には田舎の生活が新鮮ではあったのだと思うし、そもそも楽天家だったからかもしれない。

そういう父が後年僕に口酸っぱく言っていたのは皮肉なことに「無事これ名馬」という言葉であった。若い頃は「無事」ほど退屈で卑怯なことはない、と僕は軽蔑していたけれど、父としたら、そういうある意味奔放な血が息子にも流れていることを怖れていたのだと思う。

親戚は、この両親の生活の先行きに不安を感じていたと思う。母方の祖母がお土産を手にしばしば訪ねてきてくれるのが僕と妹には楽しみであった。祖母のお土産は、文明堂のカステラ、ゴーフル、泉屋のクッキー、マッキントッシュキャンデーなど田舎では手に入らないもので、私と妹は、カステラならザラメがたっぷりついている端っこを取り合いし、マッキントッシュのキャンディーは、それぞれのお気に入りを毎日学校から帰ると少しづつ味わうのをこの上ない楽しみとしていた。

その家は明治時代に建てられたもので、押し入れも一つ一つが大きく、冬には僕と幼い妹が中に布団を敷いて眠ることができるくらいであった。重要なものの収納は主に茶箱であったが、日常的によく使うものは祖母がお土産に持ってきてくれたお菓子の缶や木箱に入れておくことが多かった。今でいえばＡ４がきれいに入る文明堂のカステラの木箱は、書類入れに。なぜか泉屋のクッキーのＡ３くらいの缶にはコンセント類が入っていた。マッキントッシュやゴーフルの缶には使い古しの鉛筆や子供の宝物を入れていたように思う。

ある日父がバリカンとゾーリンゲンのはさみを東京から買ってきた。見た目にも重い電動のバリカンとよく切れるハサミで、縁側に新聞紙を敷いて母が見よう見まねで家族の髪を切ることになった。ひょっとしたら母が愛読していた「暮しの手帖」に、あの鉛筆の字のタイトルで、「家族の散髪をしましょう」なんていう記事があったのかもしれない。缶の底が深かったからだろう。このバリカンとゾーリンゲンのはさみは、鳩サブレーの黄色い大きな四角い缶に入っていた。鳩サブレーの味は憶えているにも関わらず、なぜか子供時分に鳩サブレーの袋を開けて食べたという記憶はない。鳩サブレーの缶は開けるたびにバリカンとはさみをつつむ新聞紙と機械油のにおいがした。母のバリカンは髪を巻き込んで痛いことがあり、月に一回廊下に鳩サブレーの缶が出ていると、憂鬱な気分になった。

このような生活も、高度成長の波が小さな町に押し寄せてきて、少しずつ変わっていった。蒸気機関車が無くなり、駅に特急電車が来た頃には、僕はおかっぱぎみになってしまう母の散髪を敬遠して、街の床屋に行き出していた。父はといえば、好景気のおかげで、ほそぼそとしていた投資が当たり、再び志賀直哉の教育方針に倣って、僕を東京の中学へ入れることにした。その後、バリカンとはさみの鳩サブレーの缶も目にすることはなかった。

最近になって鎌倉とご縁ができ、鎌倉のかたがたのおかげで、今年の夏に男性の健康医学に関する国際学会を建長寺で開かせていただいた。原発の問題がありながらも十三カ国から三百人のかたに参加していただいた。鎌倉は鎮魂の座であり、海はすべてを浄化し、そして山々の緑が再生を感じさせてくれる。学問を究める場として鎌倉は新鮮であった。あの鳩サブレーが鎌倉の名物であることを知り、学会に参加された方ひとりひとりに、お土産として、鳩サブレーをお渡しした。海外ゲストからは、この平和のPigeon クッキーはとりわけ好評であった。

今年の秋、母が亡くなって二年たち、ようやく母の部屋を片づけることにした。旅行ごとにきちんとアルバムが作られ、また茶道具や骨董ひとつひとつがナンバリングされ、几帳面に整理されていた。棚の奥から忘れられた鳩サブレーの缶が出てきた。缶の中にバリカンとはさみはなかったが、やはり機械油と新聞紙のにおいがした。缶の横には、母のかすれたマジックの字で、理髪道具と書かれていた。

学会のとき鎌倉で久しぶりに齧った鳩サブレーは、母が焼いてくれたマドレーヌの味によく似ていることに気がついた。

銀座と九十九里と

タウン誌、PR誌のさきがけである『銀座百点』が昭和三十年の創刊から八百号を迎えた。百号の総目次には、谷崎潤一郎、志賀直哉、久保田万太郎に始まり、当時の文化人が遍く登場している。

母は人形町で生まれ銀座で育った。銀座の首都高は昔は築地川で、戦前母は泳いだという。父親が銀座百店会を纏めていた関係で、文学好きの母に白羽の矢が立ち、創刊から九年間母は『百点』の編集に携わった。

小なりとはいえ、当時女性の編集長は珍しく、母は注目されていたようだ。編集後記には毎号弾むような文章を書いている。小説家から原稿を受け取ったり、文化人の座談会や句会に同席したりと、刺激の多い毎日であっただろう。こう書くと、さぞ母は才女だったように思われるかもしれないが、これは後年知った母の姿である。

私の中の母といえば、蛙の声が聞こえる台所で、いつもラジオを聞きながら料理をしている姿である。父は私が小学校に上がろうという時に、何を考えたか東京を離れ千葉の九十九里に移り住むことを決めた。農家に囲まれた古家で母は畑で野菜を作り、庭仕事をする父と二人、毎日麦わら帽子と軍手で過ごしていた。夏には蛍が田んぼの用水路に飛び、捕まえて蚊帳の中に放していたことも思い出す。母は晩夏に蜩が聞こえると喜んだ。

夕方になると母はラジオの子供電話相談室を聞きながら台所に立っていた。畑で採れた小松菜の卵とじは、小松菜に苦みがあり子供には苦手であったが、鰯の生姜煮は、時間がたって身が締まったものがおいしく、冷たいご飯にもよく合った。大晦日にはやはりラジオで紅白を聞きながら、寒い台所で遅くまでおせちを何種類も作っていた。この牧歌的な暮らしは、私が東京の中学に行くことになり、一家が再び東京に戻って終わった。

楽天家の母はよく「人生塞翁が馬」と言っていた。父の気まぐれに振り回された母の一生であったが、どこでもその日その日を楽しんでいたように思う。

母が病を得て、もういけないという時に、私がダライ・ラマ師にお会いする機会があった。握手した師の手は温かく柔らかく、私はすぐに病室に戻り目を閉じている母の手を握った。驚いたことに母はもう一度元気になり、暫くは家にいた。

最近『百点』のパーティーで若い母が参加者をにこやかに迎えている写真が出てきた。後に畑のミミズと格闘することになるとは夢にも思わなかったであろう。おっちょこちょいで明るい母にまた会いたくなった。

「公」と「私」

泌尿器科医として大学病院で手術を行う傍ら、男性の人生を応援する健康医学をライフワークとしている。自分では天職と思っているが親不孝者でもある。

父は幼い頃に両親を結核で亡くし、叔母が嫁いだ秋田の造り酒屋で育てられた。養子にならないかと勧められたこともあったようだが、猛勉強して東京の大学に進学し商家の娘と結婚して、都内に家を持ったのも束の間、三十七歳の時に突如「小説家になる」と言って会社を辞め、家族と千葉の外房に引っ込んでしまった。父は日のあるうちは母と庭や畑で農作業をし、夜は読書をするという、まさに晴耕雨読の日々であった。本の多い家であったが、中でも父は志賀直哉を好んだ。イエ社会や都会を離れ我孫子や奈良に移り住んだ志賀の生活に憧れていたのだろう。孤児であった父は家族と生活することを人生の大事と決意して田舎に居を構えたのだと思う。父は剽軽なところがあり、私と妹は毎日学校から帰ると家にいる父と遊び、炬燵を囲んでその日の出来事を報告していた。折々に父から祖父が偉大な軍人であったこと、男子たるもの「公」の仕事に就いて国に貢献することが家の誉れだと聞かされた。数少ない祖父の写真は、祖父が将校団の剣道大会で東軍の大将を務めたものであった。

高度成長が始まると父のささやかな投資があたり、父は徐々に生活者から経済人へと変化していった。大量に買った原稿用紙もそのまま埃をかぶっていた。私が東京の中学に行くことになって、この田園での牧歌的な生活は終わりを告げた。

高校三年生の秋に医学部を志望していることを告げると、父と大喧嘩になった。医者役者芸者と言う。医者は所詮サービス業に過ぎないと言うのである。父は、自分が究極の「私」の人生を送っただけに、私が「公」の世界に進むことを期待していたのであろう。失望した父は私を「ドクトル」とふざけて呼ぶようになり、医の道に入った私に父の存在は遠くなった。

父は難病を患い、家で寝たきりになった。私が気管カニューレを交換することになると、手際の悪い私を「藪医者」と罵った。しかし毎週末、父の部屋を訪れると、自然と昔のように会話をするようになり、小さい声で「ありがとう」と言うこともあった。父は十年以上も寝たきりで過ごした。まだ父の介護用品を捨てられないでいる。

感染症と知性ある文化

ニューヨークは春が美しい。日本で言えば東北と同じような緯度にあるせいか、三月下旬になると一斉に新緑が芽吹いて、木蓮の花が咲きだす。マンハッタンのアッパー・イーストサイドにあるヨーク・アベニューの界隈は高級住宅街のせいか、ひときわ紫木蓮が美しい。ヨーク・アベニューの突き当りにロックフェラー大学がある。前身のロックフェラー研究所は野口英世が研究していた場所ということもあり、三〇年前アメリカで医師をしていた時に立ち寄ったことがある。その時はクイーンズのフラッシングという街に住む日系一世の糸川さんというおばあさんにお世話になっていた。

一九五〇-六〇年代のアメリカは医師不足で、日本から多くの医師がアメリカを訪れて研修をしており、その後もアメリカにとどまって一生をアメリカで終えた方も少なくない。中でもフラッシングは日系人や日本人の駐在員、留学者が多く住む街だった。私も先輩からニューヨークに行ったら糸川さんに挨拶をするようにということでお訪ねしたのだが、挨拶どころか糸川さんと二世で従弟のシゲルさんが大きなキャデラックを運転してニューヨークを案内してくれ、ロングアイランドでおいしいロブスターをご馳走してくれた。

野口英世は梅毒の原因である梅毒スピロヘータを、当時原因がわからなかった進行性麻痺の患者の脳組織に見つけて、この病気が梅毒の進行した形であることを発見した。その後ロックフェラー研究所の国際研究部からアフリカに派遣され、黄熱病の研究をするうちに自らも黄熱病に罹患し、命を落としたことは、日本人なら誰でも知っている。ロックフェラー研究所の国際研究部が発展し国際組織になったものが、今の世界保健機関、ＷＨＯである。

この黄熱病は、発熱、黄疸、臓器出血を生じるアフリカの風土病であると長年思っていたが、昨今のコロナウイルス感染禍のなかでふと調べてみると、確かにオリジナルはアフリカではあるが、黄熱病は一七世紀にニューヨークやフィラデルフィアに流行し、その後も、一八－一九世紀にアメリカ、キューバ、ブラジル、アルゼンチン、スペインでも大流行をしている。一八世紀後半のアメリカの流行時には、病気を恐れて多くの人々が逃げ出したり、患者がいない地域は自警団を構成して外部からの侵入を防いでいたように集団パニックが起こったことが報告されている。

特に一九世紀には、アフリカから奴隷が連れてこられた中米の西インド諸島で黄熱病が猖獗を極め、当時ナポレオン治世下にあったハイチで、フランス将校がつぎつぎに黄熱病に倒れ、結果フランスからハイチが独立し、さらに同じく黄熱病が流行したルイジアナをフランスはアメリカ合衆国に売却することになった。一九〇〇年に蚊が黄熱病を媒介することが解明され、公衆衛生的な取り組みが奏功するようになった。

黄熱病はウイルスによる病気なので、野口英世は病原体を見つけることはできなかったが、野口が死去する二年前にウイルスが見つかり一九三〇年代にはワクチンが開発されるようになった。アフリカにいた蚊と患者がまさにグローバリゼーションで移動し、まずインフラが不良で人口稠密地帯であったニューヨークで大流行し、その後奴隷制度に伴って中南米や、ヨーロッパなど二〇〇年以上も世界的に感染が起こっていたことなど、われわれはすっかり忘れている。

ハイチと言えば一九八三年僕が医学部の学生のときに図書館で海外の雑誌をパラパラ見ていると、やけにハイチ出身の若い男性に起こる免疫不全症のレポートが多いことに気がついた。これはエイズ・パンデミックの先駆けで、独立後貧しい国であったハイチの移民はニューヨークで男娼をすることが多かった。

エイズの原因ウイルスのＨＩＶはチンパンジーのウイルスが変化し長い時間をかけてヒトに伝染していったことが今ではわかっている。私がアメリカにいた八〇年代から九〇年代のアメリカの報道は日々、エイズと麻薬、殺人と暗澹たるもので、一九九一年には一昨年映画になったロックバンドQueenのフレディ・マーキュリーが亡くなり、私を含め誰もが知人をエイズで亡くしていた。しかしこの死の病も、ＨＩＶのウイルスがわかり、ヒトへの感染メカニズムが解明されると有効な薬剤が開発され、三十年たった今では、ＨＩＶで死ぬことはほぼなくなってしまった。

目に見えないかたちで広まる感染症はいつであれ社会不安を生じ、敵意や諦念、判断中止、喪失をもたらす。今のコロナウイルス禍も近い将来にワクチンが開発され、報道が減ると人々の意識からは遠のいていくであろう。有史以来人間を苦しめたペストも、黄熱病もマラリアも天然痘も人間がコントロールすることが可能になった。

医学自体は大きな進歩を遂げたことは間違いない。とはいえ、社会が進歩することはなかなか容易ではないことを今回のコロナウイルス禍でも感じる。人間の遺伝子に刻まれてきた本能というべき、過去への災害の記憶、不安、直観、反応は容易には変わらない。しかし知性こそが遺伝子を超えて社会を少しずつ変えていけるのだと思う。だが原発事故後の放射線漏れのときも十分な情報とそれを読み解く知性が世の中にあまねく行き渡らなかったことを思い出すと、五年とか十年間程度の科学の進歩はなかなか、社会すなわち人間の進歩にはつながらないことがわかる。

かつて日本人が多く住んでいたフラッシングは、韓国人街となりさらに中国移民が増えて日本人はもういない。ロングアイランドで糸川さんとシゲルさんがごちそうしてくれたロブスターは蒸してバターをつけただけのシンプルなものであったが、その後あのくらいおいしいロブスターを食べたことはない。サンマならぬロブスターはニューヨークに限ると今でも思っている。

あとがき

医師として病院の廊下を歩くようになって三十八年。若く颯爽とした医師が足早に歩いてくる。ポケットが書類や聴診器で膨らんだ白衣の下にスクラブと呼ばれる医師の作業衣を纏って、同僚と談笑している女性医師もいる。定年まで二年余り、嘗てのように廊下を駆けることもなくなって、病院の風景を楽しんでいる。

この間の医療の進歩はまさに目を瞠る、の一言であった。全身がんが治療により消えて、新たな人生をスタートした人がいる。何リットルも出血する危険な手術が、創も小さく無血の安全な手術となった。遺伝病の原因がわかり、新薬が開発された。海外との研究競争に手に汗を握ったこともあった。医師として幸せな時間を送れたことに感謝している。

ただし、進歩を照らすＬＥＤの強い明りの陰で、消えていくろうそくの光もある。医療は念じて行うものでなく、スケジュールされるものとなっている。病を得た人が感じる無念さに共感する時間や機会が医療から遠くなってきている。さらにＡＩが発展すると、ついには医師も医療から疎外されてしまうようになるかもしれない。

コロナ禍の最中に、「かまくら春秋」にこの連載をスタートさせていただいた。コロナ禍は、とりあえず今日健康であることの確かさ、ありがたさ、幸福を気づかせてくれた。この幸福をどう持続するか、ウェルビーイングの議論が今、盛んになっている。

人生のうち社会貢献ができる時間を、サッカーやラグビーのように前半戦と後半戦に分けることもできる。人生の前半戦が終わりつつある今、ウェルビーイングをどう医学からサポートできるか、「ハーフタイム」に考えて、後半戦に走り続けられる限り、取り組みたいと考えている。

本書には、「かまくら春秋」の「二階から目薬」に併せて、かまくら春秋社の出版物への寄稿文、そして他社の出版物の記事も収録いただいた。連載の機会を頂いたかまくら春秋社の伊藤玄二郎代表、毎月の編集から、本書の編纂、デザインまで大変お世話になった田中愛子さん、毎号ウイットの効いた素敵なイラストを描いていただいていた吉野晃希男画伯に深く感謝をしている。家人は毎月家に届く「かまくら春秋」の連載を欠かさず読んでくれて、褒めて伸ばす教育をしてくれている。

この間に、大切な方々との別れがあった。
なかでもスペイン・マドリッドのアルバート・テジャドール医師は私が米国にいた時の同僚で後に故郷マドリッドに帰って集中治療医となり、コロナ禍の初期に救命医療の最前線でコロナに斃れた。
我が兄アルバートの魂の安からんことを

二〇二三年十月

堀江重郎

＜初出一覧＞

第一章　二階から目薬
「かまくら春秋」2020年10月号～2023年8月号（かまくら春秋社）
第二章　目薬余滴
　志賀直哉『焚火』「星座」47号 2008年10月（かまくら春秋社）
　湘南はホルモン力を上げ、パストを呼ぶ　「かまくら春秋」2009年7月号
　てあて貯金　「詩とファンタジー」43号　2021年12月
　ダヴィンチの椅子　『椅子』2017年6月（北海道東川町）
　九十九里の少年　「詩とファンタジー」37号　2018年4月（かまくら春秋社）
　鳩サブレ―と理髪道具　「かまくら春秋」2011年12月号
　銀座と九十九里と　「PHP」2021年10月号（PHP研究所）
「公」と「私」「文藝春秋」2022年3月号（文藝春秋）
　感染症と知性ある文化　「かまくら春秋」2020年5月号

堀江重郎（ほりえ・しげお）

1960年（昭和35）、東京生まれ。泌尿器科医。日米の医師免許を取得し、分子生物学、腎臓学、腫瘍学、内分泌学について研鑽を積む。最高の技術と最善のケアをモットーに医療に取り組む傍ら、ウェルビーイングを高める研究に没頭している。現在、順天堂大学大学院教授。著書に対談集『いのち　人はいかに生きるか』（かまくら春秋社）、『ＬＯＨ症候群』（角川新書）ほか。

二階から目薬

著　者　堀江重郎

発行者　伊藤玄二郎

発行所　かまくら春秋社
鎌倉市小町二－一四－七
電話〇四六七（二五）二八六四

印　刷　ケイアール

令和五年十月二十九日　発行

ISBN978-4-7740-0885-1　C0095

かまくら春秋社

おとなのための医学読本②

男性の病気の手術と治療

診察室では聞けない前立腺・ED・がんの心得

堀江重郎　著

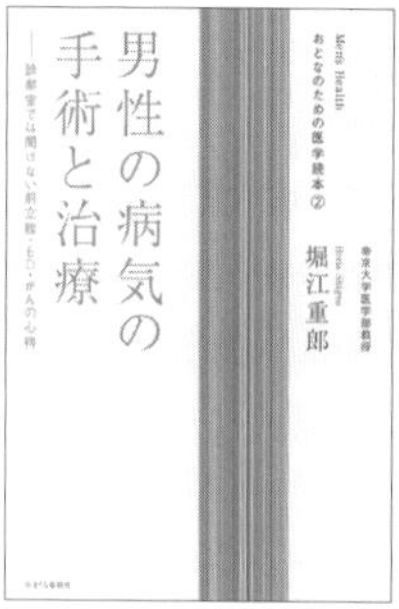

50歳を過ぎたら疑おう。

前立腺、ED など泌尿器の病気。「男の曲がり角」に不安を抱いて立ち止まるあなたに、知りたかったことのすべてを、最前線で診療に当たる泌尿器科の権威が答えます。

「医療はすべてがオーダーメード。自分はどういう治療を受けたいのか、医師と丁々発止のやり取りをしたうえで、納得のいく医療を受けてください」　——あとがきより

四六判並製 128頁　定価　1,320円（税込）